埋葬山蛭

PENGEBUMIAN LINTAH DARAT

許通元・著

目次

單元二 Y情

單元三　X事

山蛭變形記

——閱讀許通元《埋葬山蛭》的挑戰與震撼

王潤華

一、模糊美學：小說散文詩歌戲劇電影的超連結

閱讀許通元的《埋葬山蛭》是一種極大的挑戰，因為他打破極短篇小說的迷思。我們預期極短篇小說原有的規範都被他解構了，因此挑戰我們閱讀的尺度。

《埋葬山蛭》很明顯的，企圖脫離傳統極短篇小說或稱微型小說的意識形態，還原原始神話面貌的「模糊美學」（Fuzzy Aesthetic），我們看見許多「邊界現象」。在三個單元「Z檔」、「Y情」與「X事」中的「極短篇小說」或稱為「微型小說」，其結構含糊而多元的敘事，所謂「極短篇小說」沒有固定的文學形體，可能是純粹的一段散文，如〈眼神輕柔〉、〈一種蛻化〉，可寫成一首如〈面譜〉的散文詩。像〈樹〉是一

篇魔幻寫實的小品，小說中的爸爸很會說離奇古怪故事，追求超現實的生活：

兒子第N次催促他回家時，他嗯完後繼續說著坐船出海去印尼尋找海燕燕窩的故事。兒子再催促時，他發現提不起雙腳。兒子尖叫爸爸變成樹時，我驚訝地發現他頭髮上迸出了兩片葉子。

另一篇〈腳踏車〉，原屬於兩位鄰居女子的腳踏車，如今人都先後離去，腳踏車一直拋棄在樓下，每天我出門回家都看見它在風雨中生銹的樣子：

如今的我正爬上斜坡。那傾斜的角度拉緩我上山的速度。某架腳踏車突現，與你的坐騎近乎一樣。那腳踏車往我的正面方向直衝。爬上斜坡喘著氣的我來不及閃避。那腳踏車上出現半邊臉似你，另半邊臉似她的人。我躺臥在地上時，來不及看清楚更多東西。

有時又是一篇寫實的街頭速寫如〈輕快鐵站是一個地點〉、〈人蛇舞動〉，那是吉隆坡大眾交通樞紐的富都車站及輕快鐵站的寫生。有時又是推理小說，像〈人蛇舞動〉、〈收藏家〉。當散文詩、寫實魔幻、散文、詩與小說混合在一起，便會產生混雜的產品如〈旋開水龍頭〉。這篇小說寫旋開的水龍頭，流瀉出來的並非透明潔淨的自來水。而是「一粒粒的中文繁體楷字飄落下來」：

你抓住我的手旋開水龍頭，流瀉出來的並非透明潔淨的自來水。一粒粒的中文繁體楷字飄落下來。似葉子。掉了一地。有些覆蓋在草地上。有些掉進水溝裡。你喊著我說：「還不趕快撿起來。時間一久，它將被吸入地下，永恆的消失。」……你袖手旁觀地讓我拾完每一個字。那一粒粒的中文字自水晶碗中取出後，我排列於坦開在馬路旁邊的白紙上。汗珠自額頭蒸發後，又冒出來。一隻頭先從水龍頭跑出來的貓，尾巴還駁接著水龍頭的下端……大概快完成時，你要我站起身，暫時忽略兩處不通順的部分，三條似乎缺了四個字的句子。我從上面俯望，排列出來的圖案令我驚嚇一跳。你安慰我慢慢來，每個人到最後一定會完成這篇文章，複製出自己。

〈收藏家〉寫我與他，兩位發燒的超級影音光碟收藏家。他約我見面，為了「低價購買或高價出售影音光碟」，結果我被陷害，整篇小說由魔幻寫實的電影場景組成：

> 前方傳來的聲音吵醒我時，感覺手腕腳腕疼痛。睜開眼一看，發現它們被粗繩縛綁在牆上的大釘子。主人赤裸的背部完美的呈現在我眼前。他正在原本空洞的鐵架上排列著影音光碟……他向我說聲謝謝您豐富我的館藏。
>
> 他守住諾言，對我逐日乾癟的身軀，一點興趣都沒有。

許通元的《埋葬山蛭》的寫作，處處出現超連結的情景，沒少接觸現代影音、戲劇、視覺藝術、各種文體的讀者，他的閱讀實在是一種極限的挑戰。第一單元「Z檔」的小說，全部緊緊地與影音光碟聯係在一起。這些都是影音光碟的後文本（post-text），不能離開這些現代影音而存在。

二、你、我、他：男還是女？同性戀？異性戀？雙性戀？

俄國理論家巴赫金（Mikhail M. Bakhtin）把「語言的多聲部」引入文學領域，並獲得了廣泛影響。他把陀思妥耶夫斯基的小說標舉為「複調小說」，指出其特徵是「有著眾多的各自獨立而不相融合的聲音和意識，由具有充分價值的不同聲音組成的真正的複調」。複調小說的要義在於「對話性」。那眾聲喧嘩的對話場景看似混亂、駁雜，實際則超越了以往作家意圖清晰、單純的獨白聲音，營造了一種更為豐富深邃的藝術真實。

過去很多學者看見高行健的作品以複調手法來與專制的話語對抗。高行健除了小說有多種聲音（polyphony），也使用不同文類的綜合表現手法（blend of genres）。我讀許通元，發現他更放肆的試驗，他的小說中的你我他的人稱敘事，人物的「眾聲喧嘩」對話，形成一個龐大的「對話場」。

不止於你我他人稱交互運用的敘述方式，他們的性別身份與性向，往往難於分辨。〈多情種〉中有兩個他。寫他愛上陽臺的一株植物，後來植物開始枯萎，他也病了，「某天清晨，他發現那株植物突然枯萎了。他開始臥病在床。」小說這樣結束：「一個星期後，他在門外癡望著他的身子還躺在床上，一動也不動。」〈恢復原狀〉、〈渴望綠洲〉、〈下載影片〉、〈受害者〉、〈牙痛〉、〈詭計〉等篇中的我與你的愛，不知是同性戀，還是異性戀，非常含糊，性別的界限含糊不清，反而造成深邃意義。許通元小說中的電影發燒友有時是男人有時是女人，很明顯的，這人都是作者故意製造的模糊性，有其特殊意含，所以〈癡〉中的我是男的，而〈鄰居〉是女的。這些人除了全世界的影音光碟都買，「凡是在市場可以看見相關電影的書籍，都可以在他家的書架上。」〈收藏家〉的我和他是否一同人？兩人都是影音光碟的狂徒，但真正為了收藏還是為了同性戀？再如〈換片〉中的中年男人，表面上是為了來換片，買影音光碟，實際實是為滿足戀童癖。而不是換片。

〈埋葬〉的你似乎與我的敘述者是同一人，故意以拷問靈魂的方式來敘述。你沉迷於影音光碟，妻子嘗試離開你第十三次後，毅然永別。埋葬在影音光碟之中，為影音光碟而死亡。這是一篇絕對一流的影音加文字小說的作品，沒有來往與文字文學與電影文學之間的造詣，絕不可能寫出如此優秀的作品：

> 你被埋葬在影音光碟之中，伸手想騰挪空位。耳際僅聽聞影音光碟的玻璃盒子與玻璃盒子碰觸以及光碟自盒子掉出與盒子摩擦的聲響。你還天真的以為可以在影音光碟中學習游泳的姿勢。最後你發覺赤裸肌膚被劃傷多處，傷口隱隱作痛，鮮血正淌滴。你發現身處黑漆的墳墓間。月光彷彿被熄滅。你沒有雄蟻紅外線單眼，可以在黑暗中視物。你開始驚慌後，撕裂喉嚨叫嚷出肺底部的聲音。你發覺自己尾音的恐怖。沒人聽到。不管你持續喊嚷了多久。一切彷彿罩層隔音系統。牆外有路人經過，但沒人知曉屋內發生的變化。

再說〈眼神輕柔〉是最特別的以你我他轉換，描寫三個愛人的送別，但讀者不確定他們三人是男還是女，還是你與他是情侶／夫妻，而我與你是情人？這都不重要，但這樣模糊美學反而增加簡單故事複雜性。整篇小說就這麼短：

你望著他走入機場國際航線入口處，一絲不苟的神情。眼神輕柔。門外照射進來的光同時聚在我眼裡。他沒回望，依照程序地拿出身份證及機票，等待櫃檯小姐查證。你癡癡等待著奇蹟，直到他轉身，慢慢地，故意在你面前遺失他的蹤影。正排隊的我，連忙轉身看著你的方向。你也突然消失了。我不知曉你離開時，臉上掛有濕濕的淚跡。或他偷偷掛著兩行淚，怕你看見，於是堅持不回頭地往前走。我走入候機處後，帶著墨鏡的他彷彿離開我很遠。雖然我倆的距離，我故意安排成僅隔幾張椅子。他有意避開我，甚至故意讓眼睛視野範圍內的景物呈現與我不同的一片灰暗。我被逼學會，裝著互不相識。以前我一直羨慕別人有如此高境界的情感收發技巧。現在的自己，對於如此境界，一點感覺都沒有。

閱讀第一單元「Z檔」與第二單元「Y情」的影音光碟之情與複雜的同性戀／異性戀／雙性戀／物戀之情的作品，我們時時要跨越邊界，這是一種挑戰性的閱讀。但最重要的閱讀方法，必須知道這些飲食男女，雖然已居住在城市，他們不斷的被山蛭侵襲，光碟、同性、異性、雙性之愛戀，就像山蛭緊緊粘住不放，汲取他們的血液。第三個單元的男女也是如此，城市的犯罪，偷竊、欺詐、也像山蛭在吸取小老百姓的血液。

三、山蛭變形記

《紅樓夢》因為裡頭的石頭變形記而書名又稱《石頭記》。《埋葬山蛭》是寫山蛭的旅程，所以也可以稱為《山蛭變形記》。

許通元生長在山蛭的故鄉砂拉越的叢林小鎮。就如〈埋葬山蛭〉所寫，雨後泥濘的山路，有老虎腳印散佈爛泥上，四處是群象搗毀的樹木，濕地草叢裡山蛭四處蠕動。不過他出生的時候，砂拉越的自然生態已嚴重被破壞，這種經驗，據說是他不久前在深入彭亨州的國家公園，體驗一億幾千萬年，馬來西亞最珍貴的原始森林的經驗。作者說，「山蛭難道代表另一種隱喻，還是其他可能性？」山蛭吸血是原始的精神的隱喻，它企圖進入城市。第一單元「Z檔」中，影音光碟便是山蛭，瘋狂的粘住並吸取現代人年輕人的血。第二單元「Y情」，同性、雙性、異性之情也是山蛭，把年輕人弄得死去活來。反過來他們也是山野濕地吸血山蛭，日夜尋找偎依與吸血的對象。還有單元三「X事」，吉隆坡市中心車站的吸血壞人就更像山蛭，四處尋找無辜的人吸血。

極其後現代的影音光碟、交通樞紐、性別混亂現象，固然重要，卻不能忽略山蛭在後現代的變形。即如卡夫卡所預言，這個荒謬與矛盾的世界是一個變形的世界，疏離與寂寞的現代人類嚴重異化。注意山蛭異化，會帶來一片新的閱讀空間。

四、影音光碟文化的小說

我以前閱讀有關歐洲咖啡座的書籍，深感只有把一生的生活歲月浸在歐洲咖啡座的文化中，才有可能寫出這樣的文字：「我不在家裡，就在咖啡館。不在咖啡館，就在去咖啡館的路上。」同樣的，歐洲的香水文化產生像徐四金（Patrick Suskind）《香水》那樣的小說。徐四金顛覆了人們以視覺建構世界的傳統途徑，反而另闢蹊徑，從味道或嗅覺下手，某種程度也翻轉了我們似乎習以為常的規範。

讀完《埋葬山蛭》，我也深深了解所有小說的語言的結構，無論其語言美學如何模糊，全是作者沉浸在影音生活文化、行為的語言。許通元大概像〈癡〉那樣的人，他的一間房大概也是「排滿整齊四面牆壁的錄影光碟，按照各種類別、版本、國家來排列，從劇情片、紀錄片、歌劇、交響曲……。」如果搬走，需要用一輛小型卡車才能搬完全。第一單元「Z檔」中的十四篇小說，全是現代多媒體的數位科技時代影音光碟的文化產品。其中〈埋藏〉、〈發霉〉、〈癡〉是精品中的精品。〈癡〉中描寫兩位光碟發燒朋友，為了搶購新上市的光碟，互換訊息，動作迅速，他的朋友為了趕時間，騎摩托車上路，搶購了好幾大袋，回家時，「他將摩哆籃子塞滿光碟後，還將大袋子的『耳朵』掛在摩哆的左把手，以防左傾右跌。」飛車高速公路上，結果摩托車失去平衡而翻車受傷而死。他留下遺囑，要我保存他的光碟，他發現需要出動一輛小卡車才能將全部光碟搬走：

事後，我打開他房間的抽屜，裡面藏了封給我的信箋，彷彿是有預感的遺囑。信中指定要我好好收藏他全部的影片。我依照他的指示打開他獨居屋子的另一間房。踏入時，我驚愣了半天。排滿整齊四面牆壁的錄影光碟，按照各種類別、版本、國家來排列，從劇情片、紀錄片、歌劇、交響曲……我用了一輛小型囉哩搬完全部寶貴的資產時，開始知曉他為何不喜歡駕車。

〈發霉〉除了光碟發燒文化，還需要赤道的潮濕氣候的經驗，才能完成這樣的小說精品，這就是許通元能感受到自己的獨特存在：

我啟動投影機及音響設備。畫面僅出現一片寶藍色。在不解之下，我取出光碟，發現它透明的內層局部已經發霉。原來光碟也會似錄影帶般發白霉，只不過，那淺青色的黴菌，發出似琉璃的熒光，形似夜間天空的銀河。

我無奈地選了另一片《童年往事》，同樣的情況又再發生。我發現這片光碟的「霉毒」更誇張，簡直是星羅棋布，貼近梵谷著名的〈繁星夜〉。

五、同性、雙性、異性與愛物之戀情也是粘住人吸血的山蛭

第二單元「Y情」，為同性、雙性、異性、物戀都是一條條生命力強，感受力敏銳的山蛭。像我小時候的馬來西亞濕草地的山蛭，那個時代，野外人煙稀少，山蛭一見人類，就以人字型的迅速蠕動的動作，一下就把人粘住，不分男女。那是我小時候最恐懼的經驗。小時候在馬來西

亞，我們都稱它為山蜞。它雌雄同體，觸覺敏銳，聞人氣則閃閃而動，會敏捷地吸附上去人獸身體上，用兩個吸盤牢牢地吸著皮膚，吸食血液。小說中的人物常常有山蛭的習性。〈鯨魚擱淺〉有：

似隻鯨魚擱淺於他房間入口，你將腰端以上的身體擺置於房內，將另下半部橫臥於房外。你升起雙腳，在閒踢著空氣，邊與賴在床上的他閒聊。

〈受害者〉：

你面對著他橫躺，切斷床那種躺法。他的運動褲短到背心稍微拉長點皆可掩飾得似下半身甚麼也沒穿。你一直瞪，他氣定神閒的躺臥著。

許通元的山蛭書寫，〈眼神輕柔〉、〈面譜〉、〈山蛭〉、〈裸〉、〈多情種〉開創另類山蛭變性記的新書寫，比過去流行的非傳統性戀書寫超越。像〈多情種〉，那一位寂寞的他，在這個難於溝通的世界裡，竟然愛上一棵無名的植物，居然為一株植物的枯萎而傷心死了。這是存在的實現，過去怎麼沒有作家發現，不敢寫？難道不道德？

那株植物並非強迫他愛上它，是他自作多情。愛彷彿無形的蟒蛇纏繞，他愈掙扎它纏得愈緊。他經常輾轉難眠時，困惑不解，不知所措。他日漸消瘦憔悴。原本不壯實、少運動的他，更加萎靡不振。……

某天清晨，他發現那株植物突然枯萎了。他開始臥病在床。

一個星期後，他在門外癡望著他的身子還躺在床上，一動也不動。

最後出現兩個他，魔幻寫實的一筆，是到全篇小說就超越了起來。他的同性之戀的作品也一樣，魔幻使我們體驗到更多真實。

六、現代城市的罪犯更是一條一條吸血的山蛭

《埋葬山蛭》充滿是反諷的、矛盾的語言。

這部《埋葬山蛭》小說集應該倒著讀，從Z到Y，然後才到X，就如電影的X檔案，這一集以犯罪行為為主，雖然其中有好幾篇是一等的寫實魔幻小說，如〈山蛭〉、〈腳踏車〉與〈旋開水龍頭〉等。在〈輕快鐵站是一個地點〉、〈行色匆匆〉、〈人蛇舞動〉、〈橫越安全街〉、〈嘔吐〉，讀者會過度驚訝，許通元豈止於私領域內創造小說？公共領域的現

實世界，尤其馬來西亞的大眾交通，也變成他的另類書寫領域，其中〈嘔吐〉有點馬奎斯的熱帶短篇的書寫。幻想揉合了現實的獨特風格，再加上電影動作片的鏡頭，把寫實主義帶入了新的境界；他的作品有點像馬奎斯，也永遠為弱小貧窮者嘆息。

看完「X事」，我才知道山林草叢的吸血鬼山蛭絕滅以後，卻在火熱城市裡繁殖起來。

七、結論：山蛭書寫

開始閱讀《埋葬山蛭》，感到一種極大的挑戰，讀完《埋葬山蛭》，引起極大震撼；其中的傑作，像「單元一　Z檔」：〈收藏家〉、〈發霉〉、〈癡〉；「單元二　Y情」：〈眼神輕柔〉、〈多情種〉、〈山蛭〉、〈裸〉；「單元三　X事」：〈旋開水龍頭〉、〈嘔吐〉、〈腳踏車〉、〈樹〉，就像一條條的原始叢林濕地的山蛭，緊緊咬住我的身體，吸取我的血液。

我禁不住大叫，原來許通元這種小說是寫山蛭變形記。

從掌中開始
——序許通元的《埋葬山蛭》

張錦忠

我最早讀到的「極短篇」，忘了是香港的《萬象》還是《大成》雜誌上的川端康成的「掌中小說」，之後就一直管叫這類短小精簡的小說文本「掌中小說」。儘管後來台灣出現「極短篇」，中國也有了「微型小說」的說法，我還是喜歡用「掌中小說」。不過，我記得中文很久以前就有「袖珍小說」一詞，那也比「極短篇」或「微型小說」來得傳神。

但我並不曉得如何界定「掌中小說」或「袖珍小說」。當我讀波赫士的小說時，並未覺得是在讀「掌中小說」或「袖珍小說」；更多時候，就是在讀，小說。同樣的，讀《聊齋誌異》，我也沒有想到要這樣歸類，頂多稱之為「筆記小說」。

王文興有篇隨筆〈從一開始〉，提到後唐馮贄的異聞小說集《雲仙散錄》，我找來看，裡頭不少敘事長短只有一行。只有一行而小說要素俱備，是不是可以稱之為「低限小說」？王文興文中也論及小說要素，他歸納為八字真言：「事必有變，寫意寫人」。意即凡是小說敘事，無不講究變化、描寫人物、營造意境。所謂意境，「即詩意也。小說欲其餘味深長，非有詩意不然」。他認為「變化，人物，固為重要，如再加意境，當如虎添翼矣。」

我以為王文興這些話，特別適合用來討論掌中小說，尤其是「餘味深長」的意境。掌中小說如無餘味，肯定讀來索然無味；有了意境，雖短而令人回味無窮，故曰「如虎添翼」。王文興舉四則《雲仙散錄》中的小說為例，說它們「每作結尾，皆意境也」，更點出小說結尾的重要。一般談掌中小說，總愛提到「出乎意料之外的結尾」。不少這類小說，每每刻意經營意外結尾，若作者功力不足，無法峰迴路轉，反而令人覺得造作，因為這樣的結尾沒有意境，更談不上有何啟示。明乎此，作掌中小說者，與其刻意讓小說結尾出人意表，不如在詩意的造境下工夫。

掌中小說長話短說，故省略細節，尤其是非關緊要的對象。但是細節對象於小說（一如於電影）之作用大矣。在其《文學講稿》中，那博可夫（Vladimir Nabokov）甚至說：「我們讀小說應當留意、耽溺細節。」是的，細節，而非情節，才是閱讀說部的樂趣。省略細節的掌中小說剛好相反，閱讀的樂趣在填補空白於想像的空間。於是，我得出的掌中小說要素為：「掌中求變化，人物化意境。」

承上所述，我們閱讀許通元這卷掌中小說集，不妨觀其變化，察其人物，入其意境，看看敘事是否具備這些小說要素。首先，許通元的掌中小說有事件、有人物、有對象，但是多半沒有故事，或故事性不強。顯然說故事不是他的要旨。當然，這些文本有人物，但很多時候「只聞樓梯響」，只是一種（內在的）對話（你—我或他—她之間的對話），故嚴格說來，只是人物的聲音。說話的人物或話語中的人物大多沒有名字。這些沒有名字的敘述者，其身體成為情慾、情緒、疼痛、流血、死亡的感官載體，多於事件的活動者或執行者（actant）。

其次，影像（電影或影音光碟）或觀看電影或影音光碟，或者影音光碟本身，在許通元的掌中小說中之重要性不下於人物，尤其是在「單元一：Z檔」一輯。有心人大可寫篇許通元小說與影像的關係，或這些文本的電影感。這些掌中小說裡的影像互文（intertexts）多半是歐陸經典影片，要不就是台灣新電影，顯示了敘說者（或許通元）的品味。而作為對象，影音光碟或觀看影音光碟乃作為記憶（〈消瘦〉）、拜物（〈收藏家〉、〈癡〉）、關係（「我們的關係只是他們所說的，互借大量影音光碟的關係？」）、感情（〈發霉〉）的象徵與觸媒。

此外，許通元的掌中小說其實佈置了許多對象，如泳池、巴士、汽車、電話筒、電腦、手機、電視、摩哆車、椅子、沙發、油畫、衣物、大花缸、雕花鐵門、手銬、指甲剪等，也不乏食物（印度煎餅、拉茶、韓國泡菜、燒鴨、冰凍可樂等）。不管是實體還是譬喻，動物形跡可見，如袋鼠、山蛭、蜈蚣、蟑螂、癩皮狗、鯨魚。至於植物，單是〈渴望綠洲〉一篇，就提到鮮橘色沙漠罌粟、羽扇豆、龍舌蘭、沙漠黃花、圓桶仙人掌、蘆薈、非洲木棉等。這些非人類與對象，在這些文本裡，多半不是小說主要敘述對象，有些是瑣碎細節，有的屬象徵符象，有的則可視為指顯真實效應的道具與裝置。

接下來可以思考的是，如果我們認為掌中小說乃必須符合小說低限要目（即王文興所說的「事必有變，寫意寫人」）的小說次文類，那麼，許通元的掌中小說裡這許多遠本屬於想像空間的對象與細節是否屬於「剩餘物資」呢？或者恰恰相反，閱讀許通元掌中小說樂趣，不是源自箇中變化、人物、意境，而是這些對象與裝置？

自序　為何埋葬山蛭

你似乎忘記了很多事情，似埋葬山蛭。為甚麼是埋葬山蛭，不是埋葬其他生物，如書中的鯨魚或袋鼠，是不是鯨魚太大而袋鼠遠在澳洲，不太馬來西亞？而小說真的有埋葬山蛭嗎？山蛭死後，需要埋葬嗎？埋葬需要任何儀式嗎？山蛭難道代表另一種隱喻，還是其他可能性？

於是你，你重新翻閱目次，好奇地目睹Z檔Y情X事的符號。而〈埋葬〉落在Z檔單元中，而〈山蛭〉屬於Y情單元中，彼此隔著多篇小說，單元各異，說它們毫無關係亦可；說它們有關係，那就要看你如何詮釋。如果說毫無關係，那就甭談了，可馬上跳躍，進入另一個課題。若是有關係，或許可以如此詮釋：那被「你」抓裝在罐中，帶回去的山蛭，開始作怪。由於山蛭吸取了「你」「我」兩人的鮮血，造就了其不壞的金剛之身，即使似被觀音收在玉淨瓶中，主人在〈埋葬〉中因為追看錄影光碟，連妻子都第十三次逃離，主人如何會記得餵其精血。

因此，主人將天窗打開讓月光直透房裡洗滌著光碟，讓光碟吸取月光精華時，那隻山蛭剛好置放於此房中，也一起吸收月光精華。〈埋葬〉中提及壁虎自窗口跳躍的壓力，導致光碟崩塌，埋葬了主人。試想想，有力量這麼大的壁虎嗎，或許有，或許沒有，然而別忘記了若那「山蛭」真的藏在房間內，在吸取了月光精華後，或許發功號召壁虎如此做，或許自罐裡發出內功，在壁虎剛好跳躍那刻，故意讓人感覺那種假象，真相其實是山蛭抓住懲罰主人不負責任的機會，讓主人嘗試被關閉在某個難以逃離的空間，看他在生命的最後時刻，有沒有新的領悟，看透一些道理。

於是在光碟盒子及光碟埋葬主人時，山蛭也被埋葬在亂物中，同主人陪葬。如果山蛭已經有靈性，那山蛭應該沒那麼簡單。山蛭會利用玻璃盒子撞擊的當兒，撞壞玻璃罐，山蛭在慌亂中，避開不被刮傷而逃脫。看似埋葬的山蛭，似乎逃離主人，逃離眾人的眼光，開始了另一段旅程，似重新翻閱小說集時，你也或許展開新的旅程，走向似ＺＹＸ代號的未知數。或許那就是人生。而你的人生掌握在自己手中。你可以用任何東西替代所謂的代號，改變它，似改變你的旅程，你的人生。

單元一　Z檔

恢復原狀

雨撒在幽藍凹字型的泳池，戶外朦朧一片。泳池內的五盞黃燈在雨中倏忽亮起，造就一種淒朦美。我走近屋簷遮掩的室外欄杆，手輕倚，聽雨。身穿海藍色的守衛，手握對講機正向對方下指示，嘴中卻對我掛著禮貌的微笑。我故意不搭能容納卅人的電梯，轉入左側門的樓梯。右側門因為風向的關係，雨貪婪的侵襲著樓梯口。撐著飽肚，我緩緩的沿著梯級，一步步往上登。

據你說這棟樓有十九層。我未有閒情按著電梯直上，然後在天台往下望——排屋似長盒子、車子像甲蟲、人是個小不點。沒有畏高症也會膽顫心驚得暈眩。我一步步地攀登，記起你說吃飽飯別做運動，小心盲腸炎。我笑罵你老太婆，嘮嘮叨叨的，有完沒完。走到一半，汗從背脊額頭直冒、腳開始發軟。橙紅夕陽西下，照在青木掩映的屋瓦上，閃出迷人的色澤。再登上幾層，夕陽消失，殘留粉紅於雲端。

今天下午，你突兀地說：「我要走了，這次是真的。」我反問：「你走了，我該怎麼辦？」你說：「恢復原狀，似當初沒有我的日子。」雙眼視線停駐你的嘴角。你接著說：「其實，也回不去了。你現在連自己托朋友購買的《尤里西斯生命之旅》（*Ulysses' Gaze*）、《寡婦思春》（*In The Navel of the Sea*），都不能斷定是自己的，還是我的。」我持續看了你一會兒。你看著我在看你。我還是開口了，你每次說我話多，我不能就此被嚇倒。於是我的口似吐出穢物般說：「你別光說我，你也變了。從前你從來不踏入夜市，嫌髒亂，很安娣。現在主動在固定時間，帶我走同樣的路線，穿過兩旁夜市的檔口，買菜粿、黑龜粿、蕃薯包、豆漿……」我哭了。灑下的淚水，似正灑著的雨。我的淚水中，會不會冒出一個島嶼，似《寡婦思春》中，菲律賓海島的傳說：海島是從月亮的淚水中冒出來的。淚水流淌成了四周的海洋。

為了響應你的恢復原狀，我第二天開始避開你。凡是你會出現的吃飯地點、上洗手間的路向、會見老闆的辦公室，我都盡量消滅自己的影子。甚至在你空閒的時段，我連辦公室都逃離。我家裡與手提電話都換了新號碼，辦公室裝上可以顯示對方電話號碼的電話機型，以避開你的聲音。第一天，我憋尿般，好不容易熬過了。

第三天早上，我故意遲到，詢問秘書小姐，你確實沒出現在門口才撲進辦公室。她好奇的看著我的舉動。我連忙說：「又沒穿著西裝搭配運動鞋，有甚麼好看的。」她吐了吐舌頭，假裝請我吃一顆漁友喉糖。我破例的含在嘴裡，開始扭開電腦打拚。在放工前，我連忙對她說：「待會兒有暴風雨，我先走了。」其他同事用追問的眼光探測我的動機。某個同事還故意拉開窗簾，推窗伸頭出外觀察。

回到睡房，我打開《尤利西斯生命之旅》的數位影音光碟，追隨主角從希臘、阿爾巴尼亞、羅馬尼亞……尋尋覓覓同樣是馬納基亞兄弟拍攝，比第一部影片《織工》更早的三卷菲林。男主角臨登上，載著龐大列寧雕像的平底貨船時，抱住女主角說：「我哭了，因為我知道不能愛你。」影片才播映了七十五分鐘，我癱在床上，連飯也沒吃，電話響也不敢接。

隔天梳洗完畢，在樓下泳池旁享受著早餐。陽光充沛，池水金光閃閃。你緩緩走過來，叫了一片印度煎餅。我整顆心臟快撲出來，轉身想溜。你手快，輕輕地按著我的手詢問：「陪我吃塊東西都不行？」我看著你頭髮梳得再整齊，也掩不住略為憔悴的臉。心裡有塊烏雲閃過，即使陽光在泳池，反射得特別耀眼。

你靜靜地吃著香脆的煎餅。煎餅配杯拉茶，在泳池與棕櫚樹陪伴下，確實似你說，自公寓走下來，天天就似度假。陽光突然猛烈起來，有人為我們撐起三色大傘。你吃完後，我起身就走。你說：「未付帳呢，忘了帶錢包，可以幫忙付款嗎。」我似頭驢，傻傻的走過去付帳。你開玩笑的說：「可以打包午餐嗎，省得沒人陪吃午餐，傷老半天的腦筋，肚餓難奈，不知如何是好。」我看著你。你也看著我。包著頭巾的老闆娘靜觀其變。時間在瞬間凝結成一種無色無味，卻有感覺的物體。

我忍不住開口：「你不是要我恢復原狀嗎？」你反問甚麼是原狀？「原狀就是在你未出現前，我原本的生活模式。」「你以為在打電腦遊戲，疲累時儲存起來，以備不時之需。」「這不是你的要求嗎？」「我承認說過，但是……」「你都要走了，還有甚麼好但是的。」「我現在只不過照你事先指示：恢復原狀的演習。」

我想像你把我推進游泳池，畏水的我在水中掙扎，你在池畔，眉毛不動的靜靜觀賞。現實中怎麼會如好萊塢電影的方式進行呢？你看著我，彷彿我在很遠的雲端。你開口了，「我們的關係只是他們所說的，互借大量影音光碟的關係？」我愣在一旁。陽光愈加熾熱，髮中的汗簌簌而下。你轉身踏步而走，動作輕盈。陽光白花花，照得我頭昏眼花。跌坐在地上的我，目睹著在你在白花花的陽光中，彷彿火車突然穿梭地下隧道般，突然失去蹤影。原來白花花的陽光，也似黑暗，有吞噬人影的能量。服侍生叫喚著我，手搖動著癱在地上的身軀。我無力睜開眼睛，無力其實是不想呢，還是不能？思維漸失功能。我真的恢復原狀了。我聽到嘴中發出嬰孩的啼哭聲，特別響亮。

荒涼。唯有荒涼二字能形容此情此景，令你忍不住差點掉淚的慘狀。店鋪單位內只零散擺放著幾盒所謂正版的日劇。死撐著的模樣。你走向前摸看日劇的盒子，那也不算精美的盒子，裡邊是空的，輕輕一拿就讓你的心墜入谷底。除了幾個盒子的日劇外，電視機、光碟播放器等對象只出現於昔日的記憶中。

整個廣場似乎都走遍了。外邊的雨未停歇。你終於瞥見某間似乎還有蠻多存貨的盜版影音光碟。你開心地狂奔過去，撞倒了某個小孩，小孩還對你扯開笑容。今日掃蕩了第三次。門緊密的關住，他們死命的翹開。老闆在埋怨。臉上鋪滿青春痘的老闆似乎有點得意，當七、八十間影音光碟店鋪僅剩他是開店做生意的。琳琅滿目的片種，讓你眼中產生碰見綠洲的美妙感覺。

貪婪的目光啃噬無需吐骨的影音光碟封套。店內只擺放影音光碟封套，實心是空的，似那些空心樹，那些無良的掃蕩者，掃回去在家裡抱著情人腰部一同欣賞。沒聽說那些影音光碟最後的下落，是放把火燒掉，或被車碾平。

你手中已拿著好幾片影音光碟，看到喜歡的，不加思索，手中馬上增加影音光碟封套的厚度。這片要不要，老闆，最新的。一位年輕的女職員詢問。你搖著頭。五級的，怎樣，刺激、緊張包管你叫爽。真的。要不然這部日本性虐待的，還有跟馬幹的，精彩極了。你又望一下那十五、六歲的青春臉孔，還是不忍心吐出：我的樣子從髮根至腳尾指甲，哪裡似條老淫蟲。你心裡在思考，甚麼原因導致她們不顧廉恥，小小年紀似已習慣讓人蹂躪的老模樣。是賣五級片的分紅利潤較高還是大多數的顧客偏愛這類型的影片。

目光持續掃射，似無需瞄準的神槍手，只需一板一眼，目標即成獵物。那三級的呢？你再次抬頭望她一眼，她的眼神彷彿更進一步的詢問你要買嗎。羞澀似乎只留給童年或嬰兒時期。

來了來了！快！你聽到轟轟然的聲響。你轉頭一看，鋁門已被拉下，某個婦女撲過去想急衝逃離現場，姿態有點似被人用鞋子追逐的蟑螂。婦女摸著鋁門哀嚎放我出去，彷彿模仿影片中常出現被人關在牢獄冤枉的囚徒。你彷彿聽見有人罵神經病。年輕老闆靠近她，做出噓的嘴型手勢。然後拉著她靠近後面的門。老闆搖個手提電話，確定後邊的門無人後，顧客一個個的放出去。你走出去的時候也呼的一聲，忘記剛才是要來做甚麼的。

你走進電影院觀賞《斷頭谷》（*Sleepy Hollow*），提姆波頓（Tim Burton）延續《蝙蝠俠》（*Batman*）第一、二集採用黑色為主調的影片。專業的佈景、貪新鮮的怪異道具，再加上幽默依然貫穿於他一貫緊湊的影片中。無頭戰士最終尋獲他的頭顱而逃離女巫師的使喚，你也隨著男女主角往光明的出口邁開腳步。當他喚著你離開這個廣場時，你又看見剛才那間頑強生命力的影音光碟店鋪老闆及兜售員在招攬顧客，你彷彿看見那些影音光碟幻變成鮮橘色沙漠罌粟、羽扇豆、龍舌蘭、沙漠黃花、圓桶仙人掌、蘆薈，而佇立著的老闆是那最大棵落光掌狀分裂葉子的非洲木棉，正向天空升起無數無助的手。

下載影片

一瓶白葡萄酒的作用。我相信是一瓶白葡萄酒的作用，我又重回你的屋子。屋外庭院多置幾個空紙盒，鞋架上多了幾雙人家的鞋子。淺黃落地窗半拉，沙發全靠向樓梯下的板牆。客廳擴大起來，飯廳卻變窄小。客廳多了一台離子電視，地上散落音響器材、電腦等。飯桌似乎也小了，左邊那幅一排男人坐在懸吊半空橫木午休的黑白畫，似乎自坐在沙發的角度抬頭望時，移高了幾吋。一切都是比例大小高低的錯覺，感情輕重的誤置錯覺亦是如此。

你獻慇勤地展示最新的四十二吋大電視，還可以奢侈的當成電腦螢幕。你說現在都是人家幫你下載網上最新影片，連數位光碟機都省下來。是的，我遲鈍到未發現少了數位光碟機，這個在你意識中早已組裝成一體之物，竟然擯棄，成了身外物。電腦在開機，電視螢幕上顯示了你收藏其中，分門別類的影片檔案。人家幫你下載，你至愛的恐怖片，我心驀然鑽痛起來，說不好意思，想上一下洗手間。

自洗手間跨出，你取出剛才冰凍的加依雅克白葡萄酒，灌入酒杯，請我品嚐。我看著那新酒杯，知曉那是我在最後一次臨走前，人家自新加坡贈送的精品，而且僅有兩隻。人未住進來，鬱金香杯口的高腳玻璃杯已擺在桌上最明顯的角落。那時你還要我留下慶祝。我婉拒了，沒說出酒杯僅有兩隻，何必當電燈泡發光發熱自我作賤，不管是慶祝你所謂某個工作階段的結束，歡慶新年，還是慶祝終於成功趕我出門。我看著發出琉璃光的葡萄酒，晃動酒杯，讓酒旋轉呼吸，聞聞，忍不住抿一口，唇動舌蕩，任其在牙縫中奔竄。你爽快的一飲而盡，喉結起伏，酒落肚。

你知曉我不看恐怖片，或許你耽心我會突然緊張地抱住你，然後你緊張地說「別這樣」，所以你改播下載的文藝片。《12月男孩》（*December Boys*），那天我坐在飯店吃飯時，有人向我兜售此數位光碟。我相信此類影片，人家不是下載給你看的。而人家似乎也不喜歡這類型的影片，我沒多問，內心解釋可能是哈利波特男主角的關係。或許人家會錯意這是《戀馬狂》（*Equus*），男主角全裸演出，而引起爭議的人馬戀影片。你特地播放《投名狀》，說前天才看，我應該會喜歡此片。我沒說我在戲院看了大銀幕，而且下載版本不太理想。我想像那天你們兩人一起坐在沙發上。應該不是，人家矯情地坐在你腳邊，靠著你，要你一邊看著大螢幕，一邊替人家按摩肩膀，然後人家摸著你小腿說疼，別太用力，不時撫摸你的腳毛。

我故意打斷思緒說看看動畫片吧。你選了《大雄的恐龍》，說暫時只有這部和《料理鼠王》（*Ratatouille*）。《料》是我們最後一起觀賞的動畫片光碟吧。你想燒錄一片自己珍藏，最後我刻意遺忘，不知塞進哪個紙盒內，沒找出來。下載影片解決了你的困擾。大雄與小叮噹以日文溝通，我鬆了一口氣，最怕聽那種噁心的配音，管他是哪個大明星發聲。

你請我改天再過來時，攜帶儲存器，以電腦觀賞，確實可省下不少錢。其實我隨身攜帶儲存器，但是沒說出口，沒說這種格式、影片並非我的選擇。反而說時間差不多了，要睡覺了。你明天也要早醒。我喝著杯中最後一滴葡萄酒，你要繼續倒酒入杯。我說還要駕車回去呢。你沒邀我在你家過夜。我亦擔心人家隨時會回返，況且睡在人家的床位也不太方便，人家可能不小心會嗅出，他人的氣味。似王菲在《重慶森林》發現梁朝偉女友的長髮。至於人家會不會事後在床上大嚷大叫，那是人家的事情。我已經掩上那扇門。

長方形的小房間。冰在長方形的小房間踱步。四周牆上的壁架擺滿了長方形的封套，形形色色，琳琅滿目。那封套在長管日光燈的照耀下，反光亮眼。冰故意拍著報紙，扯高嗓音嚷道：「哇嘮！有沒搞錯，說我們不幹這行，就會去販毒作奸犯科！你媽臭嗨！」

「要不是給他們逼到走投無路，我們每個月領薪水時，還可以請貨好好出去滾兩下，錢還夠塞進阿媽的口袋……」清挨過去，一邊看一邊附和。玉搶走清手上的報紙，丟進垃圾桶內。「你有這麼孝順？薪水還沒開始拿，學人講多多。做工做工，得空啊，沒看見閉路電視監視著你。去，去，去外面招客進來！」清向冰吐舌，口中偷偷說出「招客」時，還學影音光碟中，青樓妓女半空拋拉手帕的姿勢，笑得冰彎了腰。「還幹嘛？出去啦！」玉稍微大聲疾呼，然後對電話中的「老闆娘」說：「對不起，不是指您，而是這邊打工的，有時不罵一聲，這些小妖還不容易收拾。」

冰按了擱置桌上的手機某鍵。掩上的電動機關木門啟開。若有人想從外邊開門，最好的辦法就是整扇門鋸掉。玉瞥一眼閉路電視，外面檔口及走廊蜂湧著週末狂潮。玉蓋下電話後，馬上撥接另一個電話號碼，嘰哩呱啦，狂扯「老闆娘」的不是，說：「她要遲到，也別連累大家。她遲到來不及開門，害到全村人遲到還不要緊，跟著要扣『遲到者』的薪水。」玉只差沒大聲尖叫：「她怎麼可以這麼做，別人怎麼會服我，是我直接管員工的嘛！她遲到沒開門，員工不能做工，她不應該隨便……」玉的銳聲鑽入耳，緊箍咒般。

微染金髮的冰，手機叮叮響。八十年代初復古的電話聲響。冰提起手機細聲問：「誰？找誰？找阿玉？她忙著打電話。有甚麼事嗎？要應徵？你不是應徵了嗎？甚麼？頭髮剪了，染回自然黑髮。待會兒我告訴她。你再打來好了。」

玉繼續投訴，只差一哭二鬧三上吊。顧客耳朵麻木，強迫自己練閉聲功。有些甚至逃出店外。清送著顧客出門，歡迎另兩位顧客進門時，偷偷跟冰說，「真佩服老闆能長時間接受她轟炸式的投訴。」

玉終於收線。「冰，你去幫我買可樂，渴死我了。哪，這裡的錢夠買兩罐，另一罐給你。快去快回。」冰似隻忠心的狗，應一聲哦，急著出門，一分鐘內已經回返。玉讚賞道：「你就是辦事效率高，解渴也急時辦好。」玉打開鋁罐口，冷冷的可樂急速灌喉，嘴中吐出爽啊！冰不敢打擾她，在招攬顧客買影碟，介紹《小津安二郎全集》影音光碟。他們在討價還價。

外面關門聲隆隆。清跑進來，「哇塞，還不關門！」剛好有位年輕的顧客潛進門找冰。鋁鋼門轟隆隆關下。「顯！又來了。」玉瞄了一眼關緊的門。

「這個月不是才繳三千？」清問。

「另有一批人。」冰答。「有時繳錢了還大搖大擺捉人，說辦公差，沒辦法。弄得雞飛狗跳。還要去贖人。」

「那一個月要準備多少？」

「關你屁事！才做那幾天工，雞婆到沒藥救。哪裡派來的間諜？」玉用手勢催促快照料顧客。

冰轉去跟剛進來找他的朋友聊天。

「潔，今天這麼得空，要找甚麼片？」冰在玉直視下詢問。

「有甚麼好料介紹？」

「哪哪哪，一大堆，歐美中港台新馬，甚麼姿勢的都有。」冰直指著桌上某紙盒的影音光碟。

「你們這裡要不要買掃帚，吸塵機等。」

「神經病，你是來買片子的還是……」冰摸了一下額頭上的頭髮。

「別那麼大聲。」潔放小聲量，搔著後腦。

「我問問玉不是知道囉。」

「小聲點。」

「你是來買東西，還是做生意的。做生意那麼細聲細氣的，唉喲，賣個屁啦！」

「是，是，求求你幫我問問看。」

冰轉過身，走去問玉。玉靠近潔詢問：「有哪種款式牌子？我們老闆有幾間分店，還有家裡也要用。反正都要買。不比市價便宜的，你現在可以走人了。」

「是是，我現在去車裡拿catalogue。」他說完轉身要走出去。

冰拉住他說，「外面風聲緊，先選片子。待會兒沒事時，才出去。」

潔選了台灣八十年代瓊瑤經典電影系列《天涼好個秋》、《俏如彩蝶飛飛飛》，詢問價錢。

「這是中國直接進口的，十元一張。」冰例行開口。

「嘩，這種翻版的也要這麼貴。」

「都說是進口貨，只有我們老闆的店鋪有賣。如果你在其他的店鋪找到，我那條砍給你。」

「甚麼那條？」

「我是指家裡那條黃瓜。」

「我還以為你說甚麼，我還嫌它砍下來血淋淋呢！」潔描了一眼在照化妝小鏡子的玉，壓低聲音詢問：「不能減一點嗎？」

「買多一點，扣多一點。」

「冰，這麼老友。」

「是囉，這麼老友，我還不知你看這種片。買給你媽看的？」

「沒有啦，看膩 *Transformer* 不是換換口味，搞不好我未來女朋友會喜歡咧。」

「神經病，她四、五十歲？看這種片。」

「冰，你跟我過來一下。」玉叫著。

電視螢幕出現了兩隻吐著舌頭的拉布拉多犬。毛色全黑，貿消部官員牽拴著，威風的晃來晃去。

「傳說中的靈犬殺到了？」冰喊道。

「『幸運』與『弗洛』？」玉開始緊張起來。

「你不是說不用怕，執法官員來時丟一塊大大的豬肉飛過去，塞飽那兩隻黑狗的口，它們就不會嗅也不會吠。官員也會嚇得逃到沒命。」清輕鬆地說。

「你神經病啊？三歲小孩似的。哪裡找來大大片的肉，你那條切下來都不夠塞狗牙縫。」玉狗嘴長不出象牙，趕忙打電話給老闆。

顧客們似熱鍋螞蟻驚慌，四處亂竄。沒有出口。大家心裡盤算著如何面對闖進來的官員。

「大家別緊張……」冰安慰著顧客時，聽到外面電鋸啟動的聲音。

「怎麼辦？」冰問玉。

「老闆叫我們不要怕。沒事的。他要我們打開收銀機下面的櫃檯櫥，然後搬移雜物，拉開地上一塊特別大的地磚。全部人跳下去。」

「你以為在做戲啊！還設有機關！」清開始緊張起來。

「你他媽的蠢豬，動作還不快點，去開啊！」玉直叫。

清僵在一邊動不了身。

玉瞄眼監視電視，那兩隻拉布拉多犬靜靜的坐在店門外面。冰趕忙打開木門，邊罵，「屌你媽的，不用狗也看得出嘛，裝模作樣，博甚麼宣傳！」

外面鋸著鋁鋼門的聲音持續大作，增添緊張的配樂氣氛。

「快，大家跟著我來。」冰喊一聲，帶頭打開那櫃檯櫥。顧客們慌張地尾隨其後。他用手電筒一照，真的發現一塊有鐵環的大地磚。冰與玉齊心合力拉開大地磚。玉叫著清帶頭跳進去。冰推著僵硬不動的清。

「幹嘛，剛才不是還要丟肉餵狗。現在整個人硬得像冰雕。我才是叫冰呢？竟然學人變冰。」冰敲著清的頭，要他醒醒。

「他不跳，你先跳吧！我墊後。」玉說。

「通去哪裡的？」冰問。

「老闆沒說。」玉回答。

「我先跳吧！」潔手中拿著那兩部台灣文藝片，迫不及待地說完，立即跳下去。

「喂，還沒還錢啊！」冰喊一聲。

大家聽到潔在黑暗中恐怖的聲音。

潔聽到上面的冰嚷著：「這是地獄之門嗎？」

理想國

聽罷主持人提點亞洲最南端的旅遊重點——丹絨比艾（Tanjung Piai），再聆聽主講人闊論文化是好生意，內心翻騰不已。十年前想打造遠大工程的理想國，似睡火山驀然爆發，一切非常清晰、奇蹟地回溯腦海。雖然如此，我知曉那是不可能實現的任務，因為市景不佳，眾多購物廣場娛樂城計劃耽擱，轉眼成廢墟。無論如何，另一個奇想頓生。

朋友詢問到底是甚麼奇想，這麼巴閉。我在他耳畔傾訴，懼怕迸發的異想，某人偷聽後捷足先登。「好，我們分頭去做。」他大力點頭，似一貫興奮時無意識的大動作。講座會散場後，我倆各分東西。時間在處理眾多日常繁瑣事物中輕易飛逝。我逐漸遺忘了此事。

某日我在公司接聽他自電話傳來的興致高昂聲調，追問我為何家裡換了電話號碼都不通知。我說連屋也搬了，忙得暈頭轉向。他強迫我謝罪請客。晚餐時分他在公寓樓下泳池畔叫了一客泰國廚師的名菜——海角炒飯。他拿起那烘烤的雞翅小腿似鼓錘輕擊，邊說增添晚餐的情趣。他吃著名堂新穎的食物，嘖嘖稱好吃。

「來，你也吃鼓錘，外加條如花熱狗。別光喝檸檬薏米水。」他客氣的各夾一樣置放我空碟。「我已開始聯絡了背後的黑手。」他開始進入正題。我一時反應不過來。

「你別傻傻地瞪著我，就以為之前所說的話不算數。」

「我說過甚麼了，怎麼一點印象都沒有。」

「你……真的不記得了。」他大口叫嚷，開始向我解釋。事因那天我透露的計劃，他開始大量購買盜版影音光碟，希望可以獲得老闆的好感。混熟後，他進一步希望他們將他苦心書寫的合作建議書，呈交上去給幕後老闆。結果已獲得初步反應，幕後老闆將在下星期約他見面，希望他準備更詳細的資料與實際執行方式。我愈聽愈膽戰心驚；他卻越說越興奮。兩人的不同心情直飆向雙邊的極點。

「你上次不是說有位警司朋友，結果詢問了互相合作此計劃的可能性嗎？」

「甚麼合作計劃？」

「你還真健忘呢！不是說好，你聯絡警方，希望他們可以聯手杜絕盜版的計劃。」

「那僅是個奇想。」

「有了理想，才能實現呀。你想現在我國每年的盜版影音光碟的盈額是億億聲，簡直供不應求。政府採取的措施有欠理想，他們想杜絕盜版光碟，簡直是異想天開。唯一的辦法是正版光碟便宜過盜版貨，再加上電檢局沒胡亂過濾只強調道德意識的影片，不然再多請一班搜查官員，還不是浪費金錢時間。售貨員馬照跑，舞照跳，盜版光碟照樣賣……」

「講完了嗎，還押韻呢，飯都冷了。」我連忙制止他。

「還沒。」他邊喂口飯，嘴中滔滔不絕說，「如果按照原先的計劃：政府與黑市真正合作，向外國購買合法的版權，然後大量銷售，甚至可以銷售海外，爭取外匯，大家才來平分牟利。政府無需勞師動眾掃蕩、查檢，擔心官員執行任務時受傷，還需要佩戴槍支畏懼誤傷『好』人；售賣者無需擔憂有人干擾、員工被抓、控上法庭，可以更專心擴展業務、進修相關文化產品的知識，讓馬來西亞任何一個角落充滿真正的文化氣息……」

「你看太多戲，頭殼壞了。」

「建議者竟然第一個反駁。」

「那僅是你一廂情願的想法。」

「那是絕妙主意，文化是個好生意。」

「我不跟你胡扯！」

「你幫我聯絡那位警司朋友好嗎？還有內政部、貿商部官員，聽說你也認識。」

「我都說行不通了。」

「我做事你放心。」

「我看你是走火入魔了！」

「我不過要你請我吃一頓飯謝罪，然後逐步實現你當初提起的理想國大計。」

「恕我無能。」

「沒關係，你跟我說如何可以聯絡到那些人？」

我急忙丟下錢離席，覺得他真的離譜到極點。

我再也沒與他見面。他拒絕與我溝通。我堅決認為是我害了他。我知曉他非利益薰心如此簡單。他秉持著為文化做出奉獻的精神。我在報章看見他遭逮捕的新聞。頭版。我哭出了聲。同事還以為我害了甚麼病，身旁死了甚麼人。警察告他盜版如此猖狂，還知法不報，竟然想勾結警察同流合污。他在開庭前，服毒自殺的噩耗，陸續上了頭版兩天。謠言傳入耳朵的是他慘遭毒殺，死時臉色雖沒青黑，但七孔殘留血跡。我啞口無言，至今仍然懷疑自己曾經向他誤提此計劃的真實性。

收藏家

午覺醒來，傳真機發出的聲音，喚醒夢中依戀的場景：某個廣闊的空間，整齊排滿影音光碟，排場比自己的收藏品還大百倍。手中傳來的信函，正慢慢地揭開傳言中的超級影音光碟收藏家。手頭上上萬的精選影音光碟與他比較，我連聲音都哼不出。

他詢問倘若有興趣低價購買或高價出售影音光碟，可在下星期一中午十二點正，前來新加坡某個預約的地點。他對我掌握的資料，除了我的重點珍藏，對我熟悉的事物，瞭如指掌。他甚至知曉我經常到新加坡購買貨色的店面，約好的地點就在店中某個我常停駐最久的角落。他甚至知道如何勾起我最原始的誘惑，謹慎得沒留下任何聯絡，令我深覺恐怖又刺激。

我沒告知旁人出門會友的習慣，他當然也沒警告說不可帶隨從、朋友或看完傳真後，及時餵入剪紙機毀屍滅跡。我相信他不只瞭解我的興趣及喜好，對我的職業、假期、生活起居也挺瞭解，不然他也不會把握十足地約定我在星期一中午十二點見面。住在新山的我，跨越長堤，踏巴士抵達約定地點，耗時至少兩個鐘頭。

正如他所預料，從我家出發到新加坡關卡的時間不會塞車，一路上通暢無阻。他如約定時間走近我身旁時，周身打扮，令人舒服，輕易地說服了我這位潛在的買賣者。第一眼瞥見他時，出乎我意料之外的是他年紀太輕。我給自己的安慰是或許他正從美容院注射了羊胎素後走出來。

二話不說的他，用手勢邀請我上豪華馬賽地[1]，然後由司機駛回新山，直上南北大道。我對此舉驚異不已，他乾脆吩咐我在新山某個角落等候，讓我省下看完一部《教父》（*The Godfather*）的時間。司機比啞巴還沉默，內心暗讚他訓練有素。靠近永平時，司機停在某間我熟悉，賣福州麵的店鋪。他親自下車邀吃。那麵食好吃得讓我懷疑是人生最後的晚餐。靠近吉隆坡時，他的司機在某個車站下車，他駕著馬賽地直抵某座高牆聳立的豪宅，四周青蔥草地一片，遠處喬木林立，圍成天然的牆籬。

「對不起，我的收藏品沒放在身邊，有勞您陪我千里迢迢來到這裡。」抵達門口時，他先脫下鞋襪、外套、西裝、襯衫，然後說：「此屋設計的防盜系統，凡是探測到任何衣料布質，靠近警局的警鈴將牽引警察們在三分鐘內抵達。」他看我還在猶豫不決，一邊自然地脫背心，一邊說：「放心，我不會對你的身體有興趣的。不然，我們只好打道回府，算

---

1 編者按：馬賽地為「Mercedes-Benz」之馬來西亞音譯。

是白跑一趟。」坦誠赤裸的他，使我不好意思。我連忙逐件地脫除身上的衣物。他打開外層的鋁製大門、內側鐵門，邀請我進入。

眼前設計的架子、擺設、懸掛的巨型海報，排山倒海向我湧過來的影音光碟，害我呆立在門前，還需要他拉我進門。

他詢問我是否要交換或出讓我收藏的某批早期蘇聯及近代的名片時，開出了豐厚的條件誘惑我，附加全套費里尼、楚浮、高達及羅塞里尼的影片。他說這些影音光碟是特別在歐洲訂製的，因為他們有些只生產錄影帶。我沿著鐵架走，他按照每個國家不同年代的導演，以羅馬字母排列，我第一次看見有人收到如此齊全的影片。鐵架上擺設的影音光碟似乎沒完沒了，走到盡頭，拐個彎又出現另一個天地。當我來到某排空鐵架，好奇地詢問為何沒任何影音光碟時，他吩咐我抬頭看看上面的牌匾。我抬頭看見自己的名字。

不知為何我頭有些暈，然而意志還是清醒。他詢問我剛才的交易考慮得如何時，我的嘴中自然地流出：「對不起，由於大部份的影音光碟都是父親千辛萬苦搜羅的遺物，即使我再如何喜歡您的條件，在自己不可以留多一份的情況下，我還是難以接受。」我俯低的頭感覺旋轉得厲害。重新抬起頭時，尋找不到主人的身影。我全身無力，軟化於地上。

前方傳來的聲音吵醒我時，感覺手腕腳腕疼痛。睜開眼一看，發現它們被粗繩縛綁在牆上的大釘子。主人赤裸的背部完美的呈現在我眼前。他正在原本空洞的鐵架上排列著影音光碟。最後一排光碟擺放上去後，他回頭看了我一眼，然後撤下鐵架上，寫著我名字的牌匾。他禮貌的向我鞠躬後，抓起我的姆指，蓋個印於某張合約上。他向我說聲謝謝您豐富我的館藏。他離開後我發現自己身處那天異夢中的場景，彷彿他預設了整個夢境，誘惑我走進陷阱。

他守住諾言，對我逐日乾癟的身軀，一點興趣都沒有。

埋葬

倘若錢純粹只屬一疊疊的鈔票，或堆積如山的金幣，或在銀行戶口似跳字手錶不斷隨時間流逝而跳動的數字，那對你而言絕對毫無意義。

購買能力倍增得讓你愈覺恐怖時，真正的恐怖是當你不斷搜刮吉隆坡市場、走遍新山購物廣場、不知足後還跨越長堤抵達新加坡的廣場中心狂購迎合你口位的影音光碟。出差時，對你來說更重要的任務是向朋友打聽，然後巡查兜售好貨之處。你始終認為狂買堆疊而起，所謂的物質享受，是造就精神飽滿的最佳提神劑。朋友譏諷影音光碟難道就不是物質時，你只允許別人宣稱那對你肯定是精神糧食，對他人或許純粹扮演享受的物質。縱然是詮釋的角度各異，但是朋友堅持影音光碟依然是物質的看法。他們還勸說別毒癮深陷時，後悔莫及。你憤怒得似瘋狗狂吠：明知道我煙酒不沾痛恨毒品，竟然如此形容我。你立刻揭開他們的瘡疤，讓他們淌著血逃離。結果是朋友似剝落的蒜皮，妻兒經常回娘家，僅剩在家愛赤裸的你，獨自空守一室堆疊成似無數柱子、圍牆型的影音光碟。

難以自拔，這貼切的形容詞，讓你實際體會領悟時，你持續沉迷於四套每套需花費兩個鐘頭的影片，只差沒吐白沫，雙眼暴凸。你自言樂在其中，邊掏罐子內妻子殘留的蔥花餅，邊啜口啤酒，享受孤獨的寂寞。你彷佛故意將意識寄托於影音光碟，不理會任何事物、友人甚至妻兒，讓她們出走、遠離以及想像她們不歸返。減少了干擾，你感覺更自在逍遙。妻子說：「你不是曾說過愛我一世永不變？」你回答說：「別煩，影片中情深男女的對白你也堅信的話，乖乖坐下陪我看戲。」我不喜歡任何無謂的聲音污染。

在家裡，你除了頻密地觀賞影音光碟，還經常沉浸於整理、排列、檢查、用藥膏揩抹有細微瑕疵的影音光碟。當你再次橫掃新精神糧食，納入私人珍藏版圖時，你謹慎地記錄於電腦檔案中。似集郵般，你先將它們分門別類，按國家、語言來粗分，再依照類型、導演、演員等細分。你不時憑感覺在轉換你的排列方式，似以前經常佈置你屋內的傢具般。圖書館是你最佳的參考去處。你探查管理員的喜好後，經常「賄賂」他們，仔細觀察及向他們討教最系統化的排列方式。無論如何，經歷過向三間圖書館的管理員們討教後，你意興闌珊。原因是你依舊為尋獲不到某些排列好的影音光碟而生多幾根白髮。你沒追究原因其實出在你身上。

影音光碟無故不知所蹤也是你杜絕一切朋友的藉口。有些人難以更改有借無還的壞習慣。你對他們猶如深仇大恨的世仇，導致你不惜一切再增添遺失的珍藏品。當絕版佳貨不知所蹤，如被鬼遮眼的你會悶悶不樂好幾天，妻子也設法替你為朋友打聽。但是，很多時候還是講究機緣，影音光碟與人皆如此。

除了購買影音光碟的速度，遠遠超越觀賞閱讀它們的機會，你也購買眼光觸及，有關電影的書籍如電影雜誌、教科或專業書籍、電影小說、評論或論文、拍攝電影筆記、導演自傳、海報等。你唯恐難安地狂購，似蠶不斷吞噬桑葉，完全不在乎書的價錢、紙質、語文或出版社。即使那收藏品純粹被擺成裝飾品，你心裡暗讚自己的品味。妻子罵你瘋狗、自以為是，向你伸手討生活費用時，你的眼光穿透她。她是透明玻璃模型。

深愛你的妻子，在嘗試離開你第十三次後，毅然永別。開始時，你反而習慣妻兒有理由的缺席，讓你重獲、享受似未婚前的寧靜。暗中鑄成的原因是某次你大發雷霆，因為她借給她家人觀賞的《感官世界》不小心被摔壞。那是你前年特地出坡時尋覓了十多天才如獲至寶的絕頂佳珍。那時你還向朋友炫耀說，如何偷偷塞進旅行背包中私製的隱秘袋內，心驚膽跳地帶回國，逃過審查員的檢查，樂開懷好多天。然而一旦發生此事，她發覺在你心中，連影子都是多餘的。她開始向他人怒罵男人都是愛撒謊的動物。你反駁道女人何嘗不是如此，但至少你發洩的是真實的感受。其實你背地裡還是思念她。尤其是看到銀幕上深情款款的愛侶、因某些緣故被逼分手的情人，特別是《英倫情人》（*The English Patient*）那病臥山洞內，癡等情人歸返的女主角，注視著手電筒的燈光也跟隨時光流逝而宣告光源殆盡。你偷偷為那幕戲拭擦無數回，直流的淚水。

月圓夜。你打開房間特製的天窗，讓月光洗滌一室的影音光碟，讓它們吸取月光精華，似傳說如此就能使影片保存超越百年。環顧房間四周，你赫然發現堆積的影音光碟儼如某富翁收集的金幣。房間無需開燈，借助月光之下銀光閃閃。一隻壁虎自窗口躍跳，在某疊影音光碟的頂端增添壓力。高疊的影音光碟難以承受力量，儼如樓塌橋崩。滿室傳出轟然巨響。你被埋葬在影音光碟之中，伸手想騰挪空位。耳際僅聽聞影音光碟的玻璃盒子與玻璃盒子碰觸以及光碟自盒子掉出與盒子摩擦的聲響。你還天真的以為可以在影音光碟中學習游泳的姿勢。最後你發覺赤裸肌膚被劃傷多處，傷口隱隱作痛，鮮血正淌滴。你發現身處黑漆的墳墓間。月光彷彿被熄滅。你沒有雄蟻紅外線單眼，可以在黑暗中視物。你開始驚慌後，撕裂喉嚨叫嚷出肺底部的聲音。你發覺自己尾音的恐怖。沒人聽到。不管你持續喊嚷了多久。一切彷彿罩層隔音系統。牆外有路人經過，但沒人知曉屋內發生的變化。

掃蕩

氣流梳過沒袖子覆蓋的手臂細毛，過短的頭髮飄不起來，只能驚嚇時扮演豎立的功能。綻放的花在某時速內浮動。人頭畫面唯有讓一團黑黃替代。平面巨大的白牆迎面衝來。躲閃拐彎後如子彈射下樓梯底。整排明亮的燈在眼睛被氣流壓迫後忽明忽暗。意識中的「跑」衝出另一個更貼切的意義。來不及停止。此刻迅速行動的人都希望一切皆在迅速中完成整個過程。包括驀然飛撲抱抓我雙腳的舉動。紙皮黃盒子比我胸口先觸地。手中沒重量的感覺後，我整個身子似不倒翁向前撲，不同的是身軀沒具反彈的機會。盒子中的影音光碟似爛泥飛濺。某張封套學車輪輾過後的爛泥，在我下巴未觸及冰涼地上時逼近眼前。雖沒光的速度，但未看清封套畫面，團團黑色已逼近侵襲瞳孔，甚至愛撫視網膜。胸口比多年前發育時期還要疼痛，所幸右手臂剛好抵擋於乳房前。

並非只有電影明星政治英雄才有一大群人行注目禮。兩位穿著制服的男公務員在我左右喚喊快走，另兩位更衣公務員撿拾撒滿一地的色情影音光碟。內心裡譏諷著自己正踩入星光大道。驀然「死人走路」的念頭躍泳於腦海中，黑白無常正潛伏於左右。雙腳儼如被鐐扣鎖住，舉步似舉重。他倆似獄卒一言不語，圍觀的廣場購物者指手劃腳，某位小男孩指著我叫：「姐姐。」手很想撫摸他的頭，正如嘴很想臭罵那些圍觀的好事者：「看！看！不會回家看你老母！」

慢走的好處可以讓我感覺從沒仔細瞧看四周圍。底層店鋪兜售的影音光碟幾乎被掃蕩得乾乾淨淨，關閉的鋁門閃著銀光正與我促狹。巡邏走動的公務員超過五十位。他們似獵狗敏銳的嗅覺，在這科技時代演化成手上捧著的地圖。地圖上畫滿各種顏色的圓圈、三角形、長方形以及大小點。他們臉上走動的表情似遊客般寫意、如包公般嚴肅、如勝利者不可一世……我剛跨越上次他被人用刀往頭顱上狠劈的位置。當時我倆正聊著與另家影音光碟店員不和的事件。他的長髮灑落一地，可見那刀的鋒利，害我至今都對長髮心有餘悸。那時我沒與現今超好的老闆娘服務，而跟某黑社會老闆看店面。那店面貨源是最充足，五花八門，只怕你叫不出戲名，沒有拿不出貨源的，尤其是那兩年間上市的影片。

押挾我抵達店門時，老闆娘的臉色比害大病者更加恐怖，青黑一團。我連忙道對不起。我將「已經盡力而為」藏在舌底。某個執法公務員邊竊笑邊猛按光碟機的「open」，餵入手中的色情影音光碟，然後調至所謂精彩部分，這可把我驚嚇一跳。原來每次自我口中所說的「要不要精彩絕倫的五級片」是那麼的嚇人驚，尤其是眾人圍觀，男女主角坦胸露體亮毛，專心賣力地施展各種技巧。呻吟聲彷彿響遍全廣場，看熱鬧圍觀者的眼睛如螞蟻黏附蜜糖，緊緊盯住電視螢幕。「哎喲，光天化日之下播放如此影片，別看，仔仔，快走。」某婦人邊掩住其小孩的雙眼，邊拉他走開。「媽咪，他們在做甚麼？」「別問，快走呀！」

老闆娘在一旁抽泣，我勸她別哭。她急罵道，「你已被炒魷魚了。」「甚麼？我辛辛苦苦為你抱著那箱子跑得比奧運金牌選手還快，毛孔跟著緊縮，汗都內憋滴不出來。你竟然一句話就把我辭退。」「你還敢頂嘴，你給我立刻滾。」「滾就滾，我又不是第一次幹這行，換這樣的工作比吃飯還容易，誰稀罕。」執法公務員要攔阻我離開。老闆娘繼續發出刺耳的叫罵聲。他們堅持說不行。「全部罪由我背，況且她也不足歲，你們捉了她還是於事無補。」我急忙掙脫鑽進人群，不給執法人員任何機會再度捉牢。

為了避風頭與晾心情，我連忙爬上頂樓，往廣場外眺望。馬路上車塞得不斷有「波波波」的聲音污染。幾萬片影音光碟被鋪滿廣場與馬路之間的空間，大概有人類單邊肺部的肺泡被坦鋪後般寬大。碾平機似碾過柏油路上的砂石般將影音光碟當做鋪路之重要元素。有人將百多片影音光碟須臾碾碎成幾萬片的鏡頭珍藏於底片上。我聽到槍聲。比剛才電視機傳出的呻吟更大聲的「啊」響徹雲霄。碾平機停止操作，司機自座位上滾落鋪滿影音光碟的地上。我將此血腥鏡頭珍藏於腦海的底片中，洗刷出來的印象似隔天早報的頭版照片。

消瘦

一年過後，我終於揣測到你的用意。這段時日，我似綁著雙眼，手持短棍，胡亂尋找、敲擊我內心發出聲音的那口鐘。可見我的思緒，在猜測與疑惑中，有時蠕動得多麼緩慢。

你從國外歸返的那天清晨，珍奇的青藍布洛克蝴蝶，停駐於你栽種的蝴蝶蘭上。你的電話鈴聲，驚動了布洛克蝴蝶。它完成任務似的撲翅飛往窗外。你興奮地喚我馬上出現在你面前，在客廳展示你從中港台公幹時搜羅的「戰利品」。從台灣的侯孝賢、楊德昌、蔡明亮；日本的北野武、黑澤明的影音光碟全集，到歐洲的布紐爾、高達、杜魯福等，真是驚為天人的珍品。

這些都是你臨出國前，匯給你的那筆錢起的作用。你走後的第三天，我才發現銀行戶頭裡，少了一筆數額。左思右想了三天，才想起那錢是交給了你。我敏捷的思緒在某些時候，會突然慢下拍子，生活上的某些東西也跟著脫節。

你要保存我倆的這堆記憶。讓它永遠在一起，永遠的屬於我倆。別人無從滲入。那些影音光碟不能自我手中借出去，就似你一直保留在身畔，沒有借給任何人。即使很少人會欣賞，但喜歡的人一定妒嫉死了，這是我敢肯定的。

我左手翻閱你留給我，裝滿影音光碟的兩本長方型簿子。右手貪心地觸摸另一本正方形的簿子。彷彿這是你最後留給我的遺物，裡面裝滿了你去遠方買回來的記憶——如果記憶真的能夠用錢買回來，而且是我倆心甘情願，掏出的一筆款項；毫無顧慮，無需告知他人，那該有多好。

講真的，裡面珍藏的影音光碟，不知能珍藏多久。不管多久，你購買回來後的那一天起，它就永遠的跟在你身畔或我身邊。它無從選擇，似我無從選擇。你也可能無從選擇。遇到時，也不由得你去選擇了，一切已經安排好，似一首詩的完成，裡邊的字句無從選擇，時機成熟時，抄下來似的，一字一句很自然地出現，無論如果修改，始終覺得還是原先的最好。我也沒辦法。很多事情在嘗試後，才知道是沒辦法修正的，即使那並不應該。至於對錯，第一沒絕對，第二看你從哪個角度出發。

我不曉得你一直會不會猜疑我，一直在質疑你為何購買了影音光碟一年之後，還緊緊地將大部份留在身邊。即使我無數次地暗示，先把我那個部分給我。你往往顧左右而言他，然後就「假裝」忘記。沒有人替人買東西後，會有這種舉動的。我還事先就匯給你一筆款項，卻沒向你埋怨過，只是向遠方的友人投訴了一兩次。你不會知道的。

你曾說過已經將光碟篩選了屬於我的部份，置放在房間的一個角落。之後，你似乎把一切都忘得一乾二淨，等待它們發霉。你是要我去你家拿嗎？我不知曉。我不能做得太出面，尤其是走進你家，碰見你家人，還大方地從你房裡拎出一大袋東西。我總有太多顧慮，擔心秘密洩露，害了你。無論在你家或工作地點。我不知秘密能維持多久。發現你一直在消瘦，似我一直在消瘦。別人或我們自己都用話語告知，那是因為工作壓力，但是真正的原因，其實我們都心知肚明。

發霉

點燃蠟燭，燭火緊舔著鋼碗上的薰衣草香精。我舒適地躺在調好溫水的浴缸內，之後準備觀賞侯孝賢的《南國，再見南國》。你一直在跟我強調此片怎樣好，如何棒，而我堅持你快閉嘴，別洩漏任何情節。尤其是在我未觀賞前。我喜歡從完全的未知，漸漸進入已知，然後透悟的過程。

下定決心，趁今天有個懶洋洋的下午，在調好最適當的心情後，我更換一件透氣的棉質T恤。餵進數位影碟後，我啟動投影機及音響設備。畫面僅出現一片寶藍色。在不解之下，我取出光碟，發現它透明的內層局部已經發霉。原來光碟也會似錄影帶般發白霉，只不過，那淺青色的黴菌，發出似琉璃的螢光，形似夜間天空的銀河。我慌張地尋找躲在沙發椅下的電話，向你求救。

你忙到不可開交地說：「那就換另外一片觀賞。」「我可是換了衣服、調好心情準備一切後……」你切斷我的話，說很忙，等你放工後再談。我無奈地選了另一片《童年往事》，同樣的情況又再發生。我發現這片光碟的「霉毒」更誇張，簡直是星羅棋布，貼近梵谷著名的〈繁星夜〉

（*The Starry Night*）。我按著你的電話號碼。你勸說用塊乾淨的絨布擦乾淨。我說那黴菌在內層。你回說，「甚麼，聽不清楚，現在真的喘不過氣來。回家再說好嗎？」你關掉電話。我再次換一張《戀戀風塵》的光碟。這次我學聰明了，先翻看光碟背面。一切如我所料，我可以沾沾自喜的對你說：「我快成預言師了。」

我再提起電話筒，要告知你這個嚴重的真相。我擱下電話筒，決定翻查還有多少件如此的爛東西。結果我發現，《就是溜溜的她》、《風兒踢踏踩》、《在那河畔青草青》、《兒子的大玩偶》、《風櫃來的人》、《冬冬的假期》、《尼羅河女兒》、《悲情城市》、《戲夢人生》、《好男好女》、《海上花》等，都感染了「霉毒」。一年前在中國購齊完整的侯孝賢作品後，興奮地鎖緊於櫥櫃裡，似冷凍新鮮的魚蝦，還真擔心它們發出腥味。由於光碟有專家保證可以長久珍藏，觀賞的慾望來潮時，打開櫥櫃就能解決饞相。如今調好心情想觀賞時，赫然發現它們僅是可觸摸、餵進去光碟機的真實幻影。若是拿去更換，由於事隔太久，時效已過，誰會理睬我們，更何況那些店鋪遠在中國。

我聯想起我倆的關係，以為兩個人在一起，就是一輩子的事情，似囤積在櫥櫃裡的光碟影片。隨著影碟愈來愈多，而我倆越來越忙碌，吃飯的時間也沒有了，更別說兩人有時間坐在沙發上，親親我我一片片逐步欣賞。

好不容易癡等到你回來，已經快接近午夜十二點。你拖著疲累的身子，問我怎麼回事。我請你到書房，巡視擺在書桌上的珍藏品。你問我怎麼有這等閒情，在整理光碟。我大聲地說，你睜大眼睛看清楚，是發霉，甚麼鹹情，淡情的。你仔細地看後，想掰開其中一片數位影片光碟。我詢問你在幹嘛？你說拆開來，然後舔乾淨，先消消我的氣，再用萬能膠黏緊，擔保到時一定沒問題。我說你大概累到神智不清了，快脫衣服去洗澡吧！

你乖乖地聽話，脫掉身上的衣物。我忙說，還嗅甚麼嗅，骯髒死了。你轉過身，走向浴室。我看到你背後恐怖的畫面。那黴菌好像會傳染，你的背部嚴重受感染。我回想多久沒撫摸你的背脊了，應該超過半年吧！如今，你的背部竟然陌生到長出黴菌，我卻一無所知。那密密麻麻的灰黑粉狀物，害我驚叫出聲。我終於明白你左右眼角的黑色素，為甚麼逐漸擴散，持續地展開它的版圖。你轉過身來，我暈倒在地上，堅持不要再醒來。

廢墟

印度洋廣場聽聞不到海潮拍岸聲，鮮少印度族裔閒逛。多年以前，即使登升頂樓往三百六十度俯瞰一圈，馬六甲海峽或新柔長堤皆不見蹤影，更別說遠在天那一邊的印度洋。令人費解的是取名印度洋廣場的原由。翻閱無數資料，假扮研究此廣場的學生口吻詢問管理層，我依然無從獲知，切入要害。他們詐裝不知，口風緊密，只差想用電鑽鑽漏出半點風聲。彷彿印度洋廣場跟創辦者有緊密關係，似某段泰姬陵紀念皇后的精采故事，還是更隱秘一些⋯⋯

多年前經濟風暴惡化，「超經濟」超市生意漸差，大眾書局等大客戶陸續搬離印度洋廣場。廣場內其他單位無法支撐，幾乎全部撤搬。管理層亦自行解散。廣場內被盜偷的電梯鐵片、柱子鋼條⋯⋯僅剩外露恐怖的脊骨。碩果僅存的店鋪，奇蹟佇立於底層，大門入口處左側。店鋪經營「歷久不衰」的生意——售賣光碟。誘惑顧客上門尋片的絕招——價錢壓低至顧客裂嘴偷笑，買十還送一。

屋簷隨時會墜落砸頭。你在我踏進店門前，首句奉勸的金玉良言。我不敢相信，口中滑過：怎麼可能，你還敢帶我來。多年前，我曾在此購買近全套的宮崎駿動畫光碟，如今到處都可以尋獲，已不是甚麼稀罕物品。之後聽說廣場關閉，如今亮藍的窗玻璃灰黯蒙塵，自遠處依稀可見已滑落的慘狀。你恐嚇我說，樓塌下來，雖沒似九一一慘狀，亦不可小覷。若有一片瓦、玻璃、一根柱子或鐵條自天而降，隨時砸死人，插穿人。我說快止住烏鴉嘴，讓戲劇化的情節留給電影，然後搭著你的肩膀進入那神奇單位。

此單位跟其餘賣電影光碟的擺設大同小異，貴在價廉物美，層出不窮推出最新的電影光碟、音樂光碟等。在此支付十一張影碟的費用，在他處可能僅買到八張影碟。我告知另一位朋友G時，G立即說不如馬上載他瞧瞧。G如我踏進了這個近乎每個月必朝拜一兩次，廢墟中的神秘「寶庫」，挖掘寶藏。G找到欣喜的貨色，便宜至偷笑，一買接近一打，有時呼朋引友一起聯合採購，交換影碟，在經濟不景氣時省下不少費用。

廢墟臨近警局，彷彿揭露警察保衛人民的鑿鑿鐵證。進來此廣場前，必定先繞過警局，才能拐進左側的馬路，來到廢墟光碟店的前方。警局護航著此路，讓此店能繼續生存，沒他人干擾，生意才做得起來？至於兩者的關係如何，局外人不便多問，局內人不屑多講，反正就遺留兩者共生的局面，使到我們這些客戶能繼續光顧，這「似乎」至為重要。

一段日子沒找G閒扯，他亦沒主動聯絡我，各自忙工作、瑣事。其實大家都忙盲，真正忙著何事，又說不上來，時間就是如此飛逝。如果真的有抽象的時間觀念。某日翻開報紙，發現G的照片登上頭條新聞，慘樣橫臥在馬路旁。深藍色的窗片真的掉落，砸死了G。我震驚地連忙聯絡他，希望那是他人，他會快些接電話。電話另一頭真的有人接電話，我鬆一口氣時，聽出對方是另一個人，自我介紹是G的弟弟，說我有心了。我才知曉G有弟弟。廣場之後停止營業了一段時日。幾個月後，死灰復燃，僅是我少走那條路，並非心有餘悸，驚見鬼。而是擔心聯想起G，晚上睡不好，雖然一切早成為過去……又有幾個人流連過去，似記得印度洋廣場為何稱呼印度洋。

換片

踏進店鋪，跨過暗門，牆上架上桌上鋪滿錄影光碟、音樂光碟，甚至現今流行的藍光光碟，他忙自手頭上遞給我一張五級片，說要換片。我似醫生，例行公事詢問，怎麼回事？他回說不能放映，有問題。我哦了一聲，擱在几上，隨口叫身旁的小朋友換一片。小朋友沒回應也沒反應，片子依然靜靜躺著，似週遭幾千片光碟，或躺或站在自己崗位上守候著。五級片不能自店鋪外走廊旁的光碟機播映，僅能當著有問題的光碟更換。待晚上關店無人時再試，更多時候是丟回原位繼續售賣，反正他的播映器難以閱讀，別人的播映器不一定看不到。即使看不到，大多數人礙於臉皮與工作忙錄，是不會死記，親自辛辛苦苦手取一部如此影片來退換。

我目不轉睛地盯著穿戴整齊的顧客，他確實相當有勇氣，個性肯定挑剔。我好奇的是他不似一般之前買這類型影片的顧客，專鑽擺放五級片的位置。我還是需要引君入甕。我認定他是我甕中之鱉，相信他是難逃色慾的纏繞，開始時僅做做模樣。有點害羞的顧客我看慣了，甚麼沒見過。最終他們依然情不自禁身陷泥沼。況且他年近五十，穿著不年輕，看似新加坡客，腳上涼鞋露出ＮＩＫＥ牌，背包外型突出，錢包肯定鼓漲大把新幣。雖然如今經濟危機，飯總要吃，戲還是要看。這是為何買片者量固然少一些，但打開門做生意的，不見得減少。

他瀏覽著新片，選了克林伊斯威特最新的《經典老爺車》（*Gran Torino*），我馬上遞過去紅色的塑膠籃，似在咖啡店點煙，有人即刻遞前煙灰缸。隨後他眼神轉去中文片，選了藍光光碟，王家衛最新幕後製作的《東邪西毒終極版》、台灣《囧男孩》，還詢問我香港新晉導演麥曦茵《烈日當空》如何。我說你把我當神啊，全部都看過。他哦一聲，開玩笑地說聲，沒有啦，看著你總是盯著我，消除你一點緊張。我心裡暗笑，是老闆交代如此做法的啦，嘴中吐出：不然整天瞪著那些影片封套，再加上電視某次被警察突擊行動搬走，不能抽空看電視，無事可做，會瘋掉的。總不能叫我手捧著一本書，假扮氣質，這裡又不是書店。

你講話還蠻有趣的，他一邊說，一邊拿了牆上河瀨直美的《七夜待》及李滄東的《密陽》。我大概看了他選的片名，介紹瀧田洋二郎最新的《送行者》。他笑笑地說好。我詢問他看過他之前的《陰陽師》嗎？他說沒有，我說有一、二集哦。他說好啊！然後眼睛繼續瀏覽，選了馬來片Mamat Khalid的*Kala Malam Bulan Mengambang*和以色列的《七天》（*Les Sept Jours*）。

腳步移去大拋售四片十元區，他眼神死瞪著那個角落。手靈巧的翻動，選了艾慕杜華的《精神瀕臨崩潰的女人》、Chris Nohan 的 *Empire of the Wolves*、Anne Griffin 的 *Festival* 等。我注意他眼神依然停佇在不是我要他停留的地方。他走去了經典外語片，選了 *Alatriste*，我說這個是其他地方找不到的。他附和我：是啊，所以我才選啊！

眼神隨著奇快翻動的手指轉移，非常專業。我故意再套他，要記得換片哦！他回應放心，然後似乎「明白」我意思，忙問哪裡有比較新的貨色。他眼角跟著我手指指引的方向，移近那個角落，彷彿怕我煩他，迎合我的口吻。

有哪些值得介紹的嗎？

我忙回應，嗯，這類型我比較少看。

他回應說少來，你一定瞭如指掌，不然如何賣？

我不是這類型的。

甚麼是這類型的？你眼帶歧視？

不，老闆，別誤會，我還年輕，沒眼袋，即使有眼袋也不會歧視。

你還蠻幽默，我是指你在臉上貼標籤？

我哪敢，我的意思是我比較偏好有女生的。

你是指兩個女生的嗎，介紹一下嘛！

不，不，我並非這個意思，你就選選看，都在那邊。

別客氣，哎唷，這裡又沒別人，你儘管放心的說，我不告訴你老闆。

我就隨便亂挑一些新來的介紹。

我就說你懂的啦……他說完後愈來愈靠近我。我故意大聲地說，這片還蠻精采的，頭轉過來面向他。

如何精采？他笑容滿面。

精采就是精采，你換回去打開來看不是知道囉？

有沒那個最近甚麼政治人物，還是菲律賓整型手術師的精采之作？

你等一下，我去問問外面的老闆。

你擔心甚麼，我不會對你怎樣，最多等你空閒時請你喝杯咖啡。

不用客氣。我看你就選這片吧！

你推薦這片，哪裡精采？

都精采。你不相信多買幾片回去看。

不精采可退貨嗎？

這裡有寫。

寫甚麼？

貨物出門，恕不退還。

若有問題呢，那是另當別論，況且老闆你是熟客。

你又知道我常來，我第一次看到你。

外面的老闆剛才你進來時，不是叫我好好招待你，他語氣眼神都說得很清楚。

想不到你還會察顏觀色。那你知道我今天來的目的嗎？

買片。

對一半。

換片。

真聰明。

還有呢？

沒有了。

真的沒有了？

老闆，我是不是有得罪你的地方，請你原諒。

我有說嗎？

沒有。那你為何有點……

有點甚麼？

沒有啦。

沒有甚麼啦？

我是指你為何問我這麼多話。

是你自己要說這麼多話，我又沒逼你。而且是你先開口詢問我……

不好意思，如果有冒犯的地方。

你還真禮貌起來。

應該的，顧客永遠是……

有很多問題的？

沒有啦。

可以問你一個問題嗎？

你是不是……

不是。

你知道我要問甚麼？

我搖了搖頭，說不好意思。

現在年輕人就是愛搶答人家的話。

你是不是想引誘我買更多我想換的片子？

有嗎？

你的舉止、語氣，都很明顯的在暗示我。

老闆，你也蠻會察顏觀色。

我承認。我是寫東西的，不學習察顏觀色，行嗎？

你還挺老實的。

我想問，你是不是想引誘我買更多我想換的片子？
我可不可以不回答。
他突然發出紅燈電擊「的」聲，彷彿顯示不可以。
我希望現在有顧客進來。
為何？
這樣我就不用再回答這問題？
很難回答嗎？
不會。
那你是不是想引誘我買更多我想換的片子？
我無可奈何地點頭。
為甚麼？
你有完沒完？
我只是詢問你問題，沒要你的命，緊張甚麼？
老闆，我只是協助外面老闆賣光碟而已。難道你是檢察官，故意來試探我。
他繼續發出紅燈電擊「的」聲，雙手還在胸口打一個×。
那你是誰？
別緊張，你怎麼可以詢問你顧客是誰。

是，這樣沒禮貌，對不起。
為甚麼你想引誘我買更多我想換的片子？
老闆，你這樣會逼瘋一位你不認識的人。
你是說我隨便跟你閒聊幾句，你就快瘋掉？
好，你問吧？
你還要我重複嗎？
我也不知道。
給你的問題是：為甚麼你想引誘我買更多我想換的片子？所以一定要有因為接下去，小學有沒學過？
有，因為……
因為甚麼？快，接下去。
你讓我想一想好嗎？
好，你想想，我繼續看片子。
你這邊的片子看完了？
為何你總是要我看這邊的片子？
因為這是習慣性問法。
為何是習慣性問法？
老闆經常要我們這樣詢問顧客。

為何要這樣詢問顧客？
不知道。
真的不知道，還是假的不知道？
可能要鼓勵顧客購買吧？
為何要激發顧客購買？聽好，是激發，不是鼓勵？
你果然是寫東西的。
我又沒騙你。你還沒回答我。
其實你早就有答案了。
怎麼知道我有答案，我有答案，還花這麼多時間在這裡問你，那我不是很無聊。
你是很無聊嗎，我不知道，但是從來沒有顧客會如此詢問。
為何要刺激顧客購買這類型影片？
甚麼這類型那類型的。
難道不是嗎？
你很煩啊！我就叫老闆來招待你。
其實我只想跟你買東西，你老闆來我都不買了，反正我隨便選一片換就可以了。你新片都說精采，自己又沒看過……
你以為我亂說的嗎？

難道不是，你說你又沒看過。
誰說我沒看過。
那是有看過？
不看過怎麼介紹你。
這樣就對了。感覺如何？
甚麼感覺如何？
片子？
剛才不是跟你說了嗎？精采！
你不是說你不屬於這類型，現在說有看過，還加句精采！真的假的？
真的。
感覺如何？
你要我講甚麼感覺，你神經病啊？
我沒神經病，你也不用那麼緊張，只要如實的告知。
我又不是看心理醫生。
是啊，你不是在看心理醫生，不然你還要依鐘點還錢。
你放過我好嗎？這些片子都要是嗎？
我還沒問完。既然你都回答到這個程度了，麻煩繼續回答好嗎？
我為甚麼要回答？我感覺如何，關你屁事？

當然關我事，也關你事。這將會決定我要不要買啊！若聽你說得真精采，我不買豈不是對不起自己。
我搞糊塗了，這傢伙真的難纏。
你說對嗎？
對。我有點有氣無力的回答。
先給你休息一下。
這是我的地盤，怎麼變成我休息都要得到你允許。
沒有啦，我只是隨口說說，別放心上。你就輕鬆的談談。
其實，講真的，我沒看過。我總不能每一部片子都看過，尤其這整疊，不是看到七竅流血。
真的那麼激昂振奮人心？
我是打個比喻。
請選擇談一下片子感想，或繼續回答為何要刺激顧客購買這類型影片？
兩個都可以不要談嗎，沒甚麼經驗。
那你的意思是沒看過這種電影。
老闆，我未成年，難道你看不出？
就是看得出所以才想詢問，為何你這種年齡總是在催顧客購買這種電影？

那不是你們喜歡的嗎，難道我有強迫你們購買這種片子，錢是你們自錢包掏出來的。

你越來越機智了，一點都不像這個年齡的少年。

老闆，你選完了嗎？

還沒。況且你還想講不是嗎？

我沒說要再講了。

但是你的眼神出賣了你。

老闆，你看太多戲了。

都沒關係啦，為何你這種年齡總是在催顧客購買這種電影？

好啦，我服了你。

到底為甚麼？

我張開了嘴，吐出了白沫。

口吐白沫也要回答。

因為你們有購買力，我們可以抽佣。

你真的沒看過？

我看著他。他看著我。然後我點頭說，是，看過，又怎樣？

好看嗎？

還不是一樣。

甚麼一樣？

一樣的動作，一樣的性奮，性奮完再看多一片繼續性奮。

還有呢？

我不知道你到底要問甚麼？我求你放過我了。我轉過身子，要走出暗門。

他抓住我的手，說別走。

我哭出聲來。

沒甚麼好哭的。有看過就有看過，沒看過也沒人怪你。

他在我額頭上輕輕一吻，然後將錢塞在我手裡，走出暗門。我跪在地上一直抽泣，心裡一直在罵，變態的死傢伙！以後別讓我再看到你！我一定揍死你。

老闆走進暗門，看了我，詢問甚麼事？阿生也走進來，看到我在抽泣，哈哈大笑，男人老狗，哭甚麼？阿生還叫其他人進來看，我掩著臉匆匆忙忙跑出去。我找不到剛才那位顧客，我有話要繼續跟他說。我不知曉他還會不會回來這間店買影碟，或換片。我只知道，我不會再踏入這裡半步，即使我還有半個月薪水未領。

時尚

當政策是一種時尚，你會有甚麼感覺？你相信「實行」政策的真實性與虛擬性的並存，或做個模樣，捉幾個典範混人耳目。沒有人相信是真的，一直到最後，再也沒人相信是真時，政策轉變成假象，流行得似時尚。

你打斷我的思緒說這是一種可笑的行為，製造全國民的笑話。你帶著我穿街過巷，指給我看他們的位置。他們似流行的飾物，隨著推行新政策，風聲緊時忽而不見蹤影。神奇的時尚行為，「預測者」在我走進走出時，表演魔術般收拾好原來的攤子，遺留恰好的空間，讓逮捕者停放他們的交通工具。

訓練快半年的逮捕者，還不是混口飯吃。撿幾件妻兒喜歡的寶貝回去討人歡心，也不為過。你不給臉的批評。我靜靜的閉嘴。最好甚麼話也不說。

壓力造就了流行的政策。你繼續開口。傷風敗俗的事情，歸罪於他們；國家失去豐厚的稅金怪罪於他們；減低國人的創作作品，他們是罪魁禍首；戲院一間間倒閉……終於有了聲音出現，連在夜市出現的正版銷售商也慘遭毒手。我回應，這你也相信，賣正版的看到別人撈得風生水起，他們沒眼紅，沒跟風，百毒不侵？你叫嚷著是否得罪了我，還是我已經成為另一方的爪牙，收了多少酬金。

請你喝杯羅漢果冰如何。改變火冒三分者的態度是需要某些適當的調整，似某些政策應付突發的事件。當火熄滅後，通常會患上失憶症，對湮遠的事情睜隻眼閉隻眼，因眼前不斷冒出新鮮的事物。

那你不是省下不少錢。我回應說如果省下錢可以獲得更多的好處，那就無話可說。如果斷送掉自己成長的機會，永遠成為被抵制的矮冬瓜，思考模式按照人家賦予的模型，意義在於對方的勝利。人們被其他外來的事物拋棄。但是誰還可以扮天真，相像出那是可能發生的。

這是從何處尋獲的結論？你關心詢問的方式，一反常態。日新月異無孔不入的時代，強制者幻想著控制一切的行為，純粹安慰某方面過度性的情緒不安穩。執法者建立一套新的制度，逃罪者以漏洞反擊，甚至以無形的巨大網絡、迅速的行動，所向披靡……

這是你的幻想還是實際的事實？我反問你以為這會是甚麼類型的遊戲？你假借思考的姿態假到我想嘔吐。我知道你一直以來追求潮流。你點頭。成為執法者如今已經成為最新的潮流時尚，你應該不會反對吧？你臉青起來，血液彷彿向心臟倒流。你問我為何會知道。我沒回答。你開口說終於明白了。我們走進另一間百貨公司購物。

鄰居

某兩根手指搶先一步夾住她最喜歡的男明星主演的翻版影音光碟時，她只差沒緊張地尖叫那種瞬間的刺激。她抬眼一看，原來是鄰家剛搬來不久，經常清晨曬晾衣物的女子。有時候，忍讓精神奇蹟的發生作用，即使那是她心儀已久的導演，日夜盼望的佳片。

剛踏入家門檻，她不顧一切疲累，立刻在她新買不久的家庭迷你劇場系統播放，與老公齊享在家看電影的感覺。現代科技帶給人們無窮的享受令她們感激不已。其實她老公並沒發表甚麼意見，只是神聖地陪伴她完成這項任務。她喜歡導演拍攝那種淡淡的感覺，刪除一切激烈的動作，比較接近回憶點滴的那種湮遠，在腦海久久不散。他也不表示意見的贊同，畢竟他尊重以及承認她對文化，特別是電影的修養。他佩服她那種凡是在市場可以看見相關電影的書籍，都可以在他家的書架上，赫然發現。這也導致他有閱讀些許電影的書籍，雖然他的最愛始終是運動，特別是籃球期刊。

她始終難以習慣鄰家年輕夫婦經常的叫罵聲，粗魯、為無聊的事情而起爭執。他勸她還是暫且忍耐，別在別人面前搞得似他們一樣欠缺教養。

她終於知曉他們的爭執，相關那天鄰居捷足先登搶購的影音光碟。她以為那是一種年輕夫婦，未有孩子前，表現出的另一種打情罵俏方式。

她聆聽男的叫罵到底是甚麼鬼戲來的，沉悶，看不明白，看一個啞巴咿咿哦哦，連手語都沒學會，還需用筆代替言語的那種蹩腳方式。人家才剛剛榮獲坎城影帝。那又怎樣，也沒看到有甚麼刺激的地方，我看你大多數也看不明白，還裝懂，很好看的模樣，真是受不了。反正區區五塊錢。錢不是你賺的，在講風涼話。你是不是想我立刻出去外面找工作，當初也是你強逼我回家，不讓我工作的。你看，整部戲一駕三輪車都沒有，還甚麼三輪車伕，封底的字都與故事毫無關係。你以為是我寫的，我哪裡知道……

她沒繼續偷聽下去，只看到有張薄薄的東西從屋子內似飛碟飛出來。第二天早上出門時，她沒看見有人晾衣服，反而感覺怪怪的。高跟鞋無意中踩到一張閃著銀光的光碟。她俯身揀起，發現是她喜愛的影片。他追問她是甚麼時，她回說是垃圾，隨手丟入垃圾桶。

癡

他與我同天生日，但是比我小一歲。然而，他先離我遠去。我不知曉他踏離這塊土地，我應該悲傷還是驚喜。回溯當天，他要我陪伴進城去購買影音光碟。他耽心最近風聲緊，好片難有翻身機會。原因是掃蕩官員為了實現統治者向強國誇了海口：「市場上的翻版貨至少減低八十巴仙」，報章開始馬不停蹄製造破案奇蹟。由於我在約定時間的前半個鐘頭，突然殺出某個刁難的顧客，分身乏術，不能駕車去載他。他在電話中傳來，習慣駕摩哆[一]來去，反而自由自在，演飾大鼻子情聖的意大利男演員在現實生活中，特愛騎著大型摩哆出入各個場所。

每月他賺的薪水肯定多於我，供車絕對沒問題。他嘴中圍繞諸多藉口，到最後演變成小說那種真假難分的境界。我敢肯定的事情是他大部份的錢都花在影音光碟上。那些錢若是用來供樓是綽綽有餘，更別說供車……他會反說常人過的生活並不一定放諸四海皆準，賺來的辛苦錢供這

一 編者按：摩哆（車）為「motorcycle」之馬來西亞音譯。

個供那個，欠得滿身債務，經濟蕭條沒工作做時，拿屁來供啊，最後落得跳樓自殺……他一發起牢騷，我迴避三尺。

抵達廣場大門口時，他笑容滿面，衝著我緊緊擁抱了一下。他眼睛比我銳利、手翻動影音光碟的速度、選擇的戲種，讓我不敢在其他朋友面前獻醜。他似乎為影片而生，終日吮吸它們的乳汁，凡是相關影片的難題，他不曾讓我失望。當我手指向某部影音光碟，他嘴裡霹靂啪啦，彷彿打著我的耳光在響。我的食指不小心指向《卡里古拉》（*Caligula*）的影音光碟時，他抱怨說：「幾年前，某位朋友向我借去了原裝版，結果有借無還，我也記不住是哪個生了狼心狗肺。當市面上重新出現，附有中文字幕版本的《卡里古拉》時，我急促地放入背包後，才還錢。」他嘴中舌頭沒放過我，解說此部與「閣樓」合作，最受爭議性的影片，男主角凱撒大帝除了與姐姐通姦、迎娶了羅馬最著名的妓女、弑祖父自立成王、還殺了好友、弟弟、忠臣……。此帝殘酷、荒淫、為所欲為，凡是人所能做盡的壞事，他都嚐盡。他癡想著獲得「全世界」，卻失去了靈魂的本質。當他發現有中文字幕版本的錄影光碟已經被刪剪得七零八落，傷心失落齊齊排隊登門造訪。他繼續說現今推出的數位影音光碟，原汁原味，最適合收藏。

我跟著其後，進入一間接一間的店鋪，從皮克斯出品的三D動畫片《怪獸電力公司》（*Monsters, Inc.*）、伊森霍克配音的二D動畫片《半夢半醒的人生》（*Walking Life*）、北野武主演的《大佬2》、張婉婷導演的《北京樂與路》、葛民輝的新戲《買兇拍人》。然後他進入Music Valley，奇蹟地找到馬來西亞烏威導演的舊戲《女人太太及……？》。我學其他顧客的目光，猜測他貪婪瘋狂的動機。那時的我，絕對不會想到他依據周詳性的計劃，在進行採購。他在某間店鋪找到歌劇普契尼的《波希米亞人》（*La Bohème*）、威爾第的《阿依達》（*Aida*）、白遼士的《幻想交響曲》（*Symphonie Fantastique*）、崔建的《中國搖滾》、鬼太鼓座的《富岳百景》、費里尼的《騙子》（*Il Bidone*）、杜魯福的《童年趣事》及《乳臭小子》、羅伯托・羅塞利尼的《不設防的城市》（*Rome, città aperta*）、米開朗基羅・安東尼奧尼的《女朋友》（*Le Amiche*）、大衛・林奇的《象人》（*The Elephant Man*）、克勞斯・馬利亞・布朗道爾的《梅菲斯特》（*Mephisto*）、泰瑞吉連的《巴西》（*Brazil*）……。我也大讚此處的數位影音光碟驚為天人時，他的手忙碌地挑選，銷售員手上堆疊他的戰勝品。我連忙詢問，待會兒是不是需要我順手載回去。他馬上回答：「別小看摩哆，中國人用腳踏車都載得動冰箱，我不信自己載不回去。你的車緊跟我後頭，瞧個仔細。」

倔強的他將摩哆籃子塞滿光碟後，還將大袋子的「耳朵」掛在摩哆的左把手，以防左傾右跌。「真的可以嗎，我看還是放在我車上，反正後座椅上也空著。」「謝謝，你看我不是一樣上了路嗎。」他對我噴著黑煙後，跑在我前頭。

他與南北大道奔馳的車輛鬥快，時速大概是一百至一百一十。透過車前鏡，我看到他紅色的大袋裡掉出了閃亮的東西，接著一大堆撒落路上。他回過頭，沒注視我。我看到他的摩哆失去平衡，人飛離路面。我趕忙將車駛向路邊。靠近他時，他微笑著對我說：「原本是沒事的……，盒子的四個角太利，穿過塑膠袋……。你回去我……房間……打開抽屜……。」我的熱淚滴落他臉上時，他最後一口熱氣呼在我臉上。

事後，我打開他房間的抽屜，裡面藏了封給我的信箋，彷彿是有預感的遺囑。信中指定要我好好收藏他全部的影片。我依照他的指示打開他獨居屋子的另一間房。踏入時，我驚愣了半天。排滿整齊四面牆壁的錄影光碟，按照各種類別、版本、國家來排列，從劇情片、紀錄片、歌劇、交響曲……我用了一輛小型囉哩[二]搬完全部寶貴的資產時，開始知曉他為何不喜歡駕車。

二 編者按：囉哩為馬來西亞語「Lori」之音譯，意指卡車。

單元二　Y情

幻想肩膀突現的白翅膀

我用手指觸摸電話。沿著長方型電話的四個邊摸索，拔出電話線的插頭，又插入。緩緩摸著電話筒，拿起，電話筒傳來嘟嘟嘟的正常聲音。拿張椅子坐在電話旁仔細看著電話。一個鐘頭一個鐘頭過去了。電話沒響。電話突然響，接時突然斷線。我又注視著電話。沒響。我癱在地上，嘴中唸唸有詞。

爬起身，我移走沙發，推開客廳的窗門。我退至大門旁邊，然後猛力往前衝，我幻想著從肩膀突現的白翅膀，在天空迅速滑翔，越過小鎮的樹木、房屋、馬路、汽車、河川、森林、山脈。我似天使收緊白翅膀，悄悄趁你公寓的警衛沒注意，溜進去。我往泳池的方向前進，來到你窗口下，看見那藍紫的窗簾。那天一起走了一個晚上購買，掛上去才發現短了一截的藍紫窗簾。

我爬上二樓，沒開門竟然能自由進入你的公寓單位。我走進客廳，地上依然一塵不染。我悄聲走近你房門，發現你正躺在床上休息。我慢慢地走過去撫摸你的髮。你沒反應。抬頭時，燈光耀眼地亮著。電腦螢幕閃光。我擠在你旁邊，小小的空間，從背後環抱你。燈光慢慢暗了。

海的鹹味

獨自來到海邊感受海風，想忘記一些事，同時也收集一些資料。肩上揹著旅包從你店門前晃過。我猜你是故意說穿怎麼會有海的氣味。我特意說成是海的鹹味，然後在你面前逐漸消失。

那夜，你跑上二樓詢問我吃不吃夜宵。而我早已躺臥在床上，故意闔眼。你知道我未睡，小聲地問了一句。我沒回答。你默默地走下樓。沒發出聲音。然後從另一間店屋的後門走進去。

眼神輕柔

你望著他走入機場國際航線入口處，一絲不苟的神情。眼神輕柔。門外照射進來的光同時聚在我眼裡。他沒回望，依照程序地拿出身份證及機票，等待櫃檯小姐查證。你癡癡等待著奇蹟，直到他轉身，慢慢地，故意在你面前遺失他的蹤影。正排隊的我，連忙轉身看著你的方向。你也突然消失了。我不知曉你離開時，臉上掛有濕濕的淚跡。或他偷偷掛著兩行淚，怕你看見，於是堅持不回頭地往前走。我走入候機處後，帶著墨鏡的他彷彿離我很遠。雖然我倆的距離，我故意安排成僅隔幾張椅子。他有意避開我，甚至故意讓眼睛視野範圍內的景物呈現與我不同的一片灰暗。我被逼學會，裝著互不相識。以前我一直羨慕別人有如此高境界的情感收發技巧。現在的自己，對於如此境界，一點感覺都沒有。

一種蛻化

想說好幾次，我始終沒脫出口。

你答應載我去機場，那即將飛離的站。

望著你握緊駕駛盤的姿勢，你瘦削的臉孔，微亂的短髮，窗外的雨夜。

我要你別再說那擾人的工作。放下一切。

我沒說應該談我們之間的事。

摸著你的頸背，看著你突然靜下聲音。我知道該說的都已經說出口。

言語何止累贅，簡直是多餘。

我倆靜靜地看著掃水器機械性的運作。

雨滴偷偷地滲進來。我乾裂的嘴唇吮吸著虛幻的雨滴。身軀輕輕的。雙手緩緩隨風搖動。白光牽走了順服的黑夜。那瞬間我荒謬地渴望一種蛻化。嘴中的雨滴，猶如晨露。

鯨魚擱淺

似隻鯨魚擱淺於他房間入口，你將腰端以上的身體擺置於房內，將另下半部橫臥於房外。你抬起雙腳，在閒踢著空氣，邊與賴在床上的他閒聊。

為何不乾脆睡在地板的床褥上。

我還是習慣在任何時分不隨便待在別人的房間。

反正房門都敞開著讓蚊子自由進入。

其實這不關蚊子或其他人眼光異樣的問題，這純粹是個人的原則，如果要聽得更入耳，那是個人喜好，而且我想這樣睡一會，試看感覺如何。

你不讓他開口，立刻詢問：女的來後，是男的睡這張床，還是讓女的睡床下那張床褥。

你講勒。

如果是我講的話，一定講得難聽一點。

好啦，算我怕了你的毒舌。

現在已來不及了，我的話語已在舌尖上，不發的箭反而會自殘。我猜一定是男的與女的一同窩睡在一張床上。

那你就錯了。

上帝都沒錯地創造了男與女。

少來跟我這套。

你有沒搞錯，竟然在收拾房間。

當然呀，都講她要來，我還要洗廁所。

嘩，她說的一句話這世界變了樣，哦，這世界變了樣。

是囉，她勸我房間要收拾。

我跟你說了幾百遍，又不見你聽進腦袋。

都講她講的。

似水般的女人將污穢男人洗滌得一乾二淨，從此以後，他似漂白水漂過、特麗沫清洗過般，不留下任何污跡。

還呆板唯聽計從被牽著鼻子走至世界盡頭。好心，這是甚麼時代了，還流行這套老掉牙的東西。何不來點新鮮的。

還沒過門就先替她辯護，怪不得你家人也頂不順。

你都知道不是這個原因。

我不可以沒話找話講呀。他們確實是老古董。現在甚麼樣的人都可以跟甚麼樣的人在一起，何況是可以配合得好。

我贊成年齡不是問題，還有身高、貧富、甚至性別……

你有完沒完的。

其實我還是有點替你擔心的，聽說最近有個強勁的追求者。

我看她在試探你。就算真的另有追求者，你也無需信心殆盡。

最近心情確實起伏不定。

當一個女人可憐到需要利用另一個男人的名譽來考驗一個男人時，那是多麼可悲與令人感到傷心。

謝謝你的安慰。

當一個男人為了安撫自己心靈的平靜而接受另一個無關緊要的男人的話語安慰時，那是更加可悲。

去你媽的。

講真的，孤男寡女共處一室，在這個資訊發達、電腦科技時代，真的只是似牛郎織女從老遠的地方來相會，然後各分西東。

她令我有一種很平靜心安的感覺。

還好似老僧入定，她轉眼變成菩薩，真有點難以置信。

其實，我發現我倆並沒有那種很熾熱的感覺，反而是……

進展神速，已跟人家有老夫老妻的境界。

我是說真的，沒有那種強烈的戀愛感覺，但有淡淡飄散……

你倆年紀已非少男少女情懷，況且又不是拍戲，隨你們吧，反正也沒人要看。

你口不擇言起來還真的令人反感。
我只是不想讓你沮喪，強逗你短暫遠離不愉快的事情。
剛才她母親打電話來審問一番，彷彿在警告別與她來往。
發甚麼神經，又不是她母親嫁你，擔心甚麼。
她母親說她那個當神父的堂兄也反對。
天呀，這成甚麼理由。
問題是那個神父是她極度敬佩信任的。
那你想如何處理？
等她明早七點多回到家時再打電話給她。
嘩，有人要守夜至天明。
別傻了，我等會兒就要睡了，明天再起來打還不遲。
是啦，別傻了，我也該回房睡覺。免得干擾別人明天睡不醒，誤了搖電話的時間。
我是擔心擱淺的鯨魚因為離水太久，在陸地上無水的浮力協助下，肝臟早被壓碎。
你似彈塗魚躍跳上樹般蹦跳起來，然後邊打哈欠邊步下階梯。
晚安都不道一聲，小心跌下樓，腳和頭彎成似含尾於口的蛇。
晚安。你這種人也不見得有口德。
還不是從你那兒偷師的，晚安。

剪白髮

你頭上閃著顯眼的幾根白髮。一向以來他對銀花花的白髮超敏感，瞥見後必定想盡方法使它消失於眼前。你正難得地坐在旋轉鐵椅上閱讀。他吩咐你別亂擺動，因為白髮每次都是身一晃就頑皮地隱藏起身。他不發出腳步聲地靠近你，好似深怕你的白髮長有白兔長長靈敏的耳朵。他撥開旁邊的黑髮，姆指與食指鉗住刺眼的白髮後，他要你從桌上遞予他剪刀。他並非拔不掉那根白髮，而是怕弄巧反拙，因他常聽人說，若拔白髮一根，它會再多生三根。

縱然你已在神靈前許了願，希望快些碰見愛你的人，那時你還不認識她。她那時還未豢養一頭烏亮的黑長髮。俐落瀟灑短髮的她經常待在姐姐的理髮店內，無所事事地看著來往的顧客，數數剪落的黑髮中到底有幾根白髮。姐姐總怪責她還不快掃乾淨地板。一直到她偶遇他，很開心看到他的幾根白髮，在陽光下耀眼得很。

懂事以來，他挑剔的只給她這位女生剪過頭髮，縱使她並非專業的理髮師。她說他白髮越來越稀少，不知是討他歡心否。她又說他白髮有很多是半根白的，意思是它們有的上半部黑下半部白，有的下半部黑上半部白。後者顯示頭髮已從白逐漸轉黑，乃好現象。她剪了幾根雪般的髮，置於他手掌上，要他小心瞧個清楚。她邊笑邊問他是否要收集於一個小匣子裡，過段日子掀開看看，有沒有人家說的，壁虎會蹦跳出來。他有時心裡會暗罵聲多事。

剪白髮是鑾親密的人，在一塊才會做的事。雖然你和他還不很熟悉，好多事在一起皆不曾做過。有了他幫你剪白髮的第一次經驗後，你開始享受這短暫的過程。愛美的你照鏡突然看見白髮明顯地摻雜於黑髮時，你自動吩囑他快些剪下它。他會學她般把它置於你手掌上，讓你從發尖至發端，瞧個徹底。但他會自問不知有甚麼好看的，或許那原是屬於你的一部分，對他來說並無感情。你開始被動地追求她，事後他才知道的。

當你與她似骨與肉，血淋淋般難分難解時，他曾問過一個至今你尚未答覆的問題。如果她在他幫你剪白髮時突闖進來，誤解你倆舉止有點曖昧，你會怎樣做？是否會茫茫然的呆坐？等他噓的一聲把你從幻境中拉回現實。這件事你倆都很謹慎的不讓它發生，不讓她知曉你倆的地址，不讓她哦說出原來你倆是認識的，還同住一間房，不使她撒嬌的道出好壞呀你們……因此，你懶得思索不可能發生的事情，就像他不喜歡苦苦強迫人做任何事般，總覺得沒意義。

因為偶然的相遇，你倆從不認識至彼此有了互相剪白髮的習慣。你鬧翻時，他懶得出聲跟你喋喋不休，他人說你倆冷戰了。他從此再也沒有給你剪白髮，你也不幫他找尋頭髮哪個角落生有未老先衰的痕跡。就這樣過一輩子嗎，當彼此都不想補救。人可能以為這就叫做堅強，當你倆的頭髮還是和以前般賊亮。

多情種

天微亮，他起床推開雕花鐵門走出戶外。吸進幾口新鮮空氣，他覺得精神不再恍惚，但也不算百倍十足。白霧氤氳，他覺得身處雲端。

走廊盡頭有一個大花缸。平滑的表面浮凸的祥龍正張牙舞爪，栩栩如生。缸裡邊填滿十分之八的肥沃爈黑泥土。中央部位墳高，遠看似小山丘。他一開始就很重視這未冒出的植物。然而已過了兩個星期，他埋下的種籽未見長出像樣的葉子。除了一些初生的蛇舌草、苦心蓮及叫不出名的雜草，他見後立即連根拔起。

黑影漸漸的與花缸吻合。他的臉驀然綻開了笑容，嘴唇像朵春風中輕拂的紅花。不到兩秒鐘，他的笑容又隱沒。他原本以為那株剛發芽的植物，是日夜以待的雙子葉，但是長出來的，像他雙眼皮在放大鏡下，可明顯看出的單子葉。他氣得轉身回房。

由於養成了習慣，隔天他依然在天剛露魚肚白時爬起身，走出戶外。他帶著希望趨近雕龍花缸，卻失望歸房。他甚至沒興趣將那株植物連根拔除。

那株不知名的植物持續生長。由於他每天清晨都會瞥它一眼，漸漸的，消除了那種厭惡感，開始在不自覺中接受它。雖然他不知道這株是無花植物或有花植物，是灌木還是高大的喬木……

雖然有時凌晨兩、三點才闔上眼，他沒改掉大清早起身的習慣。他日久生情的，漸漸地喜歡上那株植物。那綠色的葉片正茂盛成長。他往往會一邊凝視，一邊露出內心的微笑。

接下來，他睡醒時就自然地想起它；工作時會惦記著它；吃飯時，總掛念著它，深怕它也餓了；看見綠色的東西，它的影子馬上滑進記憶中。甚至在臨睡前，他都要道聲晚安才睡得安穩。靜下心時，他會想到它到底幾時開花？為何找遍各種植物百科全書，都不見其蹤影？它真的這樣特別？特別到他無時無刻都在思念著它，似熱戀的情人，每時每刻都如影隨行。

幾個星期之後，恐懼感開始侵襲他空虛的內心。從小到大，雖然他對植物擁有濃厚興趣，未見他如此著魔瘋狂。他察覺原來深愛是這麼恐怖時，曾想過將它拔掉丟棄或乾脆燒掉，以免禍害人間。他下不了手，總有千萬個捨不得。愛一個人是否就是這個模樣？但是，那不是人呀，他警告自己。

那株植物並非強迫他愛上它，是他自作多情。愛彷彿無形的蟒蛇纏繞，他愈掙扎它纏得愈緊。他經常輾轉難眠時，困惑不解，不知所措。他日漸消瘦憔悴。原本不壯實、少運動的他，更加萎靡不振。

某天清晨，他發現那株植物突然枯萎了。他開始臥病在床。那個晚上，他發了個奇夢。在夢中，他手上握住一張像前院落葉的枯黃色信箋。他謹慎地拆開，閱讀後泣不成聲。

一個星期後，他在門外癡望著他的身子還躺在床上，一動也不動。

受害者

你面對著他橫躺，切斷床那種躺法。他的運動褲短到背心稍微拉長點皆可掩飾得似下半身甚麼也沒穿。你一直瞪，他氣定神閒的躺臥著。

無可救藥。

到底是甚麼東西，他說。

沒甚麼。

倘若女孩給你這般乾巴巴瞪，早就縮起尾巴逃得無蹤影。

她們才歡喜。

是囉，還一場空。

我瞪她們所沒有的東西。

還不是你身體嚴重缺陷的。

反正我講甚麼都是錯。

哎，不是，是嚴重缺乏的東西，譬如說腳毛。

你俯看了腳毛說，還有濃濃腋毛。

你還真變態。

是囉，反正說甚麼也是錯。

有沒指甲刀，指甲長了。

沒有，指甲剪就有。你說完，拉開第二個抽屜，翻山蹈海般搜尋。最後才找出來，問句，我幫你修剪好嗎。

不了。很同性戀。

你看著他仔細伸直左手手指。剪完拇指後剪食指，接著剪中指。他換了一個剪指甲的姿勢，曲起手指剪無名指與尾指。他剪完了左手剪右手。

電台播起〈受害者〉的過門。你一邊幻想他的手指流著鮮血，一邊說現在唱著受害者。

誰唱？

我唱。

你露出哀怨的神情唱出那段悲痛的歌句。

他離開了，趁你走入廁所時分。

牙痛

你揮手離去的夜晚，帶走月牙兒的雪白，而我的一顆應該算是蛀牙吧，扯抽神經，害我夤夜捂抱右頰哀呼，輾轉難眠，邊思念你如指尖般敏感的言語與黃鶯鶯的〈每一次你離開〉。我驚奇半夜爬起床如廁時，同你各吃一碟黃姜雞飯當夜宵的肚子嘰咕亂鳴。臨躺床上時瞥眼鬧鐘才曉得時已近四點。悲是隻難馴服的獸，偷偷潛入我緊閉的窗門。

隔天我又似往常一樣生活，雖然較遲起床。摩哆無緣無故漏風，托朋友幫助騎去修理。牙齒沒疼，我也懶得理它，就似沒用電話干擾遠方的你。渾身懈數地混在忙碌中找資料、算計、閱讀、做筆記、寫報告……

直到朋友從果園拎提六粒果王，吃掉幾顆他說剛掉下來似牛油狀的D36果肉，牙齒神經傳來抽痛感覺時，後悔莫及，牙醫都關緊門休歇。夜晚搖電話回家欲發洩，反而是母親嗶嗶啪啦，排山倒海地說所購買的股票跌得焦頭爛額、房價掉落二十巴仙、表哥宣佈破產等，一籮筐的壞消息。我的牙痛難以啟齒。你家的電話不能撥通。我終於明白父親為何要拔掉全部的牙齒，一勞永逸。而我堅持補牙，至少尚可保存屬於我的一部分。我難以忍受拔牙前奏，針孔散發麻醉劑刺鼻濃烈的氣味。小時候那位拚老命死拔我臼齒的女牙醫的臉孔，似陰影徘徊於牙醫身後。劇烈牙痛似思念一個人時響起的鳴鐘，尤其是手捂著右頰時。我不曉得多情人是否一次思念一堆人時，剛好他的牙痛也不只一隻。

好不容易熬至清晨，欲出發去尋找牙醫時，摩哆又無故漏風。我懷疑起朋友幫我時，沒注意有釘子隱藏暗處。我吩咐染頭金髮的修理員幫手時，果然搜查到一顆尖銳的禍根。然後我迫不及待趕去補牙。

好友懼怕補牙的痛楚，縱然我痛到腳盤轉個九十度，不謹慎碰跌托盤，雙手緊捉坐墊不放，臉部應該扭曲得不成形，我還是強忍壓抑。原本不屬於我身體的金屬塞入齒縫後，與我融為一體。混合著齒屑、外來金屬的氣味，刺激嗅覺神經。不知為何，你的影子驀然侵襲，牙痛與思念相疊成一塊，我心裡的疙瘩在皮膚顯現。

當牙醫詢問我上下齒咬緊，有沒介於齒間凸起的感覺時，一切都太遲了。我答沒有。美麗的女牙醫開了帳單請我去櫃檯付帳。盯著高昂的費用，我產生必須還、應該還、逃避還、不想還，退進維谷的念頭。結果是收銀員數著我的鈔票邊露出勝利的微笑。我沒使出那種只在漫畫、電腦遊戲裡的左鉤拳右鉤拳擊倒他，然後扶持他起身說對不起。

她叮囑我不可用右邊牙齒咀嚼食物兩三天。我的右頰神經還是劇烈抽痛，痛得我站不住腳。我不敢坐摩哆直接歸返，於是坐在沙發椅上看吉本芭娜娜的《甘露》。嘴中時不時發出如蛇的嘶嘶響，不經意的引來絕對不是羨慕、但又並非好奇與憐憫的眼光。週遭的人群似乎只是集體爽爽投來目光，別無他意。我好想你突現我身畔，即使幾秒，也會讓我心坎舒適一些。你不需要做甚麼，只是暫時與我共處同樣的時空。我待會兒獨自騎摩哆歸返還勝任有餘。奇怪的是當一想起你，那痛楚更加變本加厲。我聯想起《神雕俠侶》楊過中的情花毒。

終日病懨懨躺臥床上，雙腿夾緊抱枕，將枕頭掩遮臉龐，牙痛並沒消退。胡亂想起你臨走時說的，明早才會回返。閱讀不下《甘露》時，我打開村上春樹的《預言鳥》，發現吉本芭娜娜喜歡寫小說人物有著奇怪的舉止、偏愛寫親人的死帶給主人物的影響；而村上春樹卻愛寫與解釋奇怪的名詞、描繪性愛、食物、寂寥、主人物可以無事的東跑西走。我感覺這兩位作家都將感覺寫得我能觸摸時，又甚麼也看不下去。心頭莫名其妙問起這兩位新派日本小說家的悲，日本較古典三島由紀夫、川端康成的悲，與李清照、曹雪芹、張愛玲的悲到底產生甚麼樣的連帶關係。屋友好心地送粒止痛藥進房，但無顯著效果後，牙痛與思念聯合謀反，搗襲我原本意志堅定的靈魂。我下定決心等你明早回返後立刻去牙醫處拔除，拔除，拔除它。

眼圈黑若熊貓，眼眶深陷如洋人。你回來時發覺離開我僅兩天，我的眼神呆滯與被折磨的痛苦，立刻向前撫摸我臉頰邊說，發生了甚麼事時，右頰的牙痛漸漸退縮至牆角。你神奇的手讓我驚諤。我無痛無病的翻身親吻你眼眸，然後大聲吶嚷。

詛咒

金黃分針時針於金黃表盤上顯示出已接近凌晨二時。三年前至今，我每年的今日都會奇蹟的失眠。起居一貫定時的我，鮮少失眠。失眠的當晚，我會莫名其妙、難以控制的，中了降頭般想你，不管也不知你在世界的哪一個天涯海角。

自從最後一次在三年前你租住的雙層排屋探望你後，我失去你的音訊。當時我才畢業，上班一個多月，由於畢業論文遺留手尾，被逼歸返搞妥後，順便過去探望你。你同屋住的朋友來幫我開門。你並沒迎接我，不管是故意或無意的。二樓上傳來飛機與坦克轟炸的隆隆聲。我緩緩拾步而上，抵達階梯口時，你雙手環抱小腿正注視電視畫面。你專心致志的瞪睹第二次世界大戰的記錄片不理睬我。我沒感覺到你察覺不到我的探訪。我不曉得記錄片會有高潮，或許片段播放美國人正向日本人投擲第一顆原子彈算是高潮吧。我俯下頭發現你腳趾甲長了，有股衝動想拿指甲剪，為你修剪。但是，我還是克制了自己。我不顧一切，寫下新購買的手機號碼，攤開於桌上後離開。

臨走前，外耳似乎收集了詛咒般的回音，「你會後悔」。那並非自你嘴中發出，應是由你心中，不需空氣為媒介闖入我的腦神經，讓它翻譯出我明瞭的訊息。我駕駛他的豪華轎車拋塵離去。我曾利用他的勢力、權力與金錢地毯式地偷偷尋覓你經常出沒、出生、活動的地方，但一無所獲。你是否已隱居、隱姓埋名、重新做人、身患重病或離開人世，我真的渴望曉得。無論如何，我又不能太明顯的在報章刊登尋人啟事⋯⋯

面頰逐漸凹陷憔悴，身子清瘦得諷刺性的窈窕。在他提供豐盛物資衣食住行圍困之下，陣陣的空虛縈繞身旁，尤其是他鮮少露面。我發覺對身邊的堆砌，越來越沉不住氣。我還是不認為你說過的，在恨意最深時發施的詛咒將會狠狠的實現。我開始懷疑它不再可笑時，又無力破解違抗。

我打開深宅大門，越過屋外閃著燈光的噴水池的吵雜聲、綠茵如氈的青草地、開滿花簇的百花，我漸漸移向一顆你好久以前曾向我遙指的不知名星星。我決定走向它的墜落處。

詭計

別等待了，還是趁早搬遷，省些費用。你反說我嫩，不懂事。對於某些事情，不是鹽米吃得多就行，關鍵性在於你看得開否。我開始似老太婆嘮叨。其實我知曉你癡等他的拜訪是徒勞的。他已尋獲方向，所謂的光明前程，重返的機率近乎零。你始終執著。想感動上天嗎，他又不是上天。我反諷譏。你開始動起氣來。我還以為幾乎面壁的人脾氣經已磨滅。你無事可做是嗎。幫我掃掃地，收拾房間比你在嘰嘰呱啦有建設性。

有些人未老已有老蠻牛的固執，你不是這個模樣吧。我逗你時，手指在你鬚渣扎人的下巴滑溜。你是久未欠揍皮癢難搔？你老羞成怒。嘩，打起人來了，真是好心遭雷劈。打你都要選日子嗎。你竟然學起我的口頭禪。你打開《戰爭與和平》。你喜歡戰爭還是和平，還是你在和平裡期待戰爭，然後在戰爭裡放賤的希冀和平。我向你認真詢問時你用無聊推搪。

我不曉得這是你逗留的第七十天還是七十一天還是六十九天。無聊時有個人談天也不錯。你反駁道你才無聊。我一整天不知有多少未完成的任務。原來一個人待在一間無人的雙層排屋裡足不出戶也有做不完的任務。

對一個好靜，專心一致搞他有興趣事情的人是絕對沒問題的。你責罵道，純粹是找尋藉口，本性難移。

他連電話一個都沒響過。你反罵我關你甚麼事。然後你哼唱啦啦啦啦啦，雞婆的後果。最近你看起來似乎蒼老不少。是嗎？你淡淡應口，眉都不動，眼也沒眨。反正都無鏡子，又無人到訪。你接下去說。你不是要給他留下美好印象？我問。怎麼，現在輪到你認為他會到來。噢，我反而踏進你的陷阱中。你開始神智不清，你反攻。我嚼著唇舌死駁，偶爾如此才是正常。你又不睬我埋首於壘疊書籍中。

你真的不走嗎。是的。我可以拜託你嗎？你不過是自己想出外，所以一直尋找藉口誘惑我。我的定力是超強的。不然我跪下來求你囉。看，你又在言語上討便宜了。你我原同一體，你在異想天開。我被他猜穿了把戲，決定保持沉默。

袋鼠

你踏足跑來對我說，讓我倆從此以後過著快樂的兩人世界。

我提高聲量回應：甚麼，快樂的兩人世界，有沒發傻？

你似隻袋鼠蹦蹦跳跳，自我視線中遁隱。

我尚不及告知你，那鏡頭是類似某部電影內的可笑事件。雖然可笑的意義你自己也可以隨意亂定一通。

重遇時，我真懷疑你是一隻袋鼠，竟然能蹦跳得如此穩當。

我開口詢問：這樣蹦跳很好玩嗎？

你回說有個人婉拒我後，我身體的移動方式只能往這方面開發，算是一種有趣的轉變。

你是在向我變相的投訴嗎？欺騙隱瞞的藉口你想了幾天？

真話沒人相信，你的嘴唇連白泡沫都飄出來。

這句台詞共用過幾次，你純熟得能與舞台劇演員大鬥演技。

你再一次似袋鼠蹦跳離開。

之後，我只聽說這城市無端冒出一隻四處蹦跳的袋鼠，人們無需飛越南中國海、蘇拉威西海、帝汶海或印度洋抵達澳洲草原看袋鼠四處飛蹦（動物園的袋鼠只讓人產生不舒服的拘束難過）。但是，我始終無緣見之一面。

我偶爾會懷疑車有沒有長眼睛，四處蹦跳的袋鼠會否被撞傷。人的眼睛只有兩隻嗎？二郎神的第三隻眼睛可否幫我尋覓遺失的某樣東西，譬如說教我如何重新注視一種東西的方式，評估某個人或自己的真心與良心或者一隻袋鼠正移動時的尾部是如何保持平衡，需似平衡桿與身體的其餘部分成一直線。

終於，我按捺不住，鑽進動物園的門，守門員抵擋不住，只在門口中央窮擺手頓足。那時，我學袋鼠用時速四十公里的速度前移，盼望你可以接受到我腦海產生的頻率。你不可能盼望我僅止於此的舉動吧。於是我尋覓緊關袋鼠的角落。你彷彿上帝，賜予我靈敏的嗅覺，立即聞及紫苜蓿的芳氣。我無需似躲在木馬內的兵士偷偷大開城門，而是光明正大、迫不及待的在光天化日之下，打開鎖關袋鼠的鐵門。我享受參觀遊人的嘩然。一群群的袋鼠逃躥，某隻袋鼠停歇，示意我騎在它背上。我儼如駕馭駟馬，趁風歸去。

山蛭

山蛭左邊的吸盤貼住我的右腳，右邊的吸盤黏緊你的左腳。我倆同時感覺微痛，俯低下頭看時，發現了似蚯蚓的山蛭。此時橢長型的軟體，拉長至最緊繃的狀態。想像突然斷成兩半的軟體，似壁虎斷尾胡蹦亂跳。

你搶先捻走它，掏出卡其褲袋中的藥罐裝之。傷口淌著的鮮血，似伸出紅紅的舌頭在扮鬼臉。你說此山蛭體中，已流著我倆相融的血液，屬於我倆的一部分，豈能容它就此離去。你要抓回去好好飼養。

我連忙追問如何飼養。你回答說繼續用你我的精血讓它慢慢擁有人性，最終等待它蛻化成人型。你性感的嘴唇移動著，慢慢地變成兩隻山蛭。我拔腿逃亡。眼睛探尋著雨後佈滿泥濘的山路。老虎腳印散佈爛泥上。群像搗毀的樹木凌亂陣亡。半隻手臂般長、黃黑相間環紋的馬陸堵住山路中央。我腰肢舊傷復發，體力不支而暈倒在地。

一隻山蛭都驚嚇成如此。你唇型移動，手上把玩著山蛭。我再次暈倒。四肢無力地夢見你將它餵入我嘴中。

面譜

你要求我在自己的臉上，勾畫個最適合自己的面譜，才出來見你。多年不見，你最先冒出的一句還是，人心之不同如其面然。

我學張豐毅畫上了霸王的雄赳赳，覺得不像自己。變臉般換了張國榮的那張虞姬美嬌娘，噁心頓生。我抽出梅蘭芳綴玉軒所藏的面譜版圖，從宋代的包拯一直畫到清初崑腔的月下老人。

敲門聲再響時，我彎轉過頭去。剛洗淨濃妝的臉還殘留著水跡。你抱著我的臉說，到頭來，還是你最瞭解我。我漾開了笑容，翻開了《面譜》的第一頁。

裸

「進來。」你命令正走過門前的我。
「可以幫個忙嗎？」你詢問。
「赴湯蹈火，在所不辭。」
「別說這刺耳的話語，我是問你真的可以幫忙嗎？」
「有甚麼是不可以的。」
「爽快。」你回應，繼續說：「那麼脫掉衣服。」
「幹嘛脫掉衣服？」
你連忙說：「你不是說『有甚麼是不可以的』？」
我依照你的話脫掉上衣，頑皮地說：「像不像電視上報告新聞的裸男。」
「我是指全身的衣物。」你張開口。
我好奇地問：「你真的要我袒露相見。」
「是。」
我奇蹟地順著你的意思。然後你命令我脫掉你全身的衣物。我失去靈魂地跟隨你的指使。你抱緊我，在我脫剩你內褲時。你在我耳邊輕聲說脫除它。我拋掉它後，你在我額頭輕吻，說聲謝謝，然後躡著腳走出戶外。

逃

沒發出歇斯底里的喚叫聲，區區的敲門聲，就招引正睜著像雪蛤微張的眼睛，惺忪剛睡醒的模樣。「才睡醒？」我見時近中午，雖然天氣涼爽得似秋，問道。「嗯。」你說完，給我來個洋人式的擁抱，熱情異常。「別噁心，人家瞥見了，胡亂猜測。」「沒甚麼不好，看見你就忍不住想來個貼近。這個現實忙碌的社會週遭，誰又顧得了誰，也沒誰介意你身旁的左右鄰居是不是別人的二奶，導致風水風氣不好……」「甚麼！甚麼？你家兩邊都住著人家二奶的消息你們都打聽得到，真夠八卦，還把自己的行為推卸在別人身上，你也真有一套的。」我邊說邊甩掉你兩支如八爪魚的腕足，走近樓梯右邊的房間，你的房間。

「怎麼B沒在，出外？其他人呢？」「樓上的人待在自個兒的鳥籠裡。」你邊隨我進入你房間，邊搭腔道。我巡視你的房間一圈，看看是否有新貨可讓精神品嚐寄托，順便可以完成讓你我大家都好的小任務。說起鳥籠，我聯想起香港電影籠民與新山貧民居住的定所，可憐淒苦，覺得彼此幸福，只差美滿。莫文蔚與張洪量合唱的〈廣島之戀〉越聽感覺越好，你說完就將卡帶翻轉過來餵入隨身聽，塞兩粒耳機於我耳洞。我翻閱三毛翻譯的漫畫。你要與我合唱，我說我不會。真的是很耐聽。我衷心的讚美，一向以來蠻相信你的耳朵，雖然你對電影偶爾會有太過離譜的偏見。「寫篇歌評來，趁你醞釀得最巔峰，熱情未退時。」時機成熟時，我不輕易放過。我是伏在你鋪著玩具熊床單的床上看書聽歌說的。你似乎答應下來。

看書眼倦後，我沒像蛇捲縮，伸直的腳拉張鐵椅墊腳，就這樣閉目養神。你跑上樓用拆開的粗繩編織小花瓶。你說要編織一個贈我，當你要我硬著頭皮讚美一個初手編織成的，瓶頸有點傾斜的小花瓶。

你在我微寢閉眼的臉上用手指尖緩緩的滑過長滿刺人藏青須渣的下巴、緊抿因喝少水而過紅的嘴唇、鼻端與嘴唇間凹下的人中、沒冒汗的鼻樑，停留在被眼鏡壓久留下的痕印。我彎轉過頭，臉部面向書籍。你將腳伸向我腹部，過一會兒又換個姿勢，將頭躺在我腰部。你見我沒醒來，自己也縮成一團，在床的上半部小睡。下午小睡片刻，人的精神會飽滿些。

你好心的將一支鋼筆與一張空紙擺在疊高的書籍上，說，怎樣，有靈感寫東西了嗎。我回答說，如果下次我想利用情慾來刺激靈感時，我會call 你來佈局，安排情慾的場面。你笑起來，沒有風的感覺，在簾帷低垂的炎熱下午。拉一下女子的內衣與男子的內褲的感覺差異共同點在那兒？

你又挑起華人避忌但日本歐美國人已習以為常的課題。如果我遇到一位雙性戀的，又願意告訴我那種感覺，我一定給你飛鴿傳書，不管你身在天之涯海的角。我說完後，逃也似的離開。

單元三　X事

輕快鐵站是一個地點

輕快鐵站是一個地點。這地點的椅子上，坐著一對情侶，正用我聽不懂的語言竊竊私語。我坐著候車，精神恍惚。這是我今日第三次誤站。人愛怪罪，如昨夜睡不好，因為待在不熟悉的睡境，選擇久未見面的朋友家睡，躺在床上夜聊至凌晨。然後怪罪蚊子撲翅滋滋聲，叮咬得不舒服。更倒霉的是半夜停電空調不能操作，悶熱至甦醒，再難以入眠。

今晨起大早，第一次誤站時，我正乘巴士下市中心富都車站。途中，在擁擠人滿的巴士上，赫然聽聞售票員在巴士停站時喊富都車站。雙腳不由自主的下車，以為已抵達目的地。巴士離開後才驚覺，原來他在招客上車。車站聚滿外勞候車，耳邊來自不同國家的語言此起彼落。我重新搭上另一輛巴士後，摸了放在背包裡的荷包。荷包藏在暗袋，心就踏實。雖然精神依然恍惚。

第二次誤站時，我搭上輕快鐵。晃過第二站後，眼睛望著列車門口上的輕快鐵站顯示圖，感覺走錯方向，在第三站匆忙下車。未走到閘門出口時，疑惑地詢問一位搭客，才曉得純屬錯覺。趕忙回頭再趕搭列車，耽誤了一些時間。第三次誤以為南沙臘站（Salak Selatan）是南湖站，立即下車。或許音譯沙臘，俗稱蛇皮果，在我精神恍惚中，令我想起母親愛吃的蛇皮果汁。在南沙臘（蛇皮果）站，多想喝下一杯，摻入一點褐糖的蛇皮果汁，精神一定隨之振奮。

眼前輕快鐵站的情侶，臉孔膚色髮型不似本地人。我嗅不到空氣中飄散任何異香氣味。女人撫摸著男人的臉，右手移向男人的右耳垂。她纖短細指使大力氣狠扯男人的右耳垂，男人沒痛得大叫。男人依然專注地看著她，似乎她是眼前唯一的聚焦。我彷彿感覺男人另有第三隻眼睛長在頭上的某個部位，正望著我。我希望這是錯覺。輕快鐵站外，陽光充沛，我的精神依舊恍惚。

男人觸摸女人的手，她的手緊鉗住他的右耳垂。男人輕輕拉下她的手，握在掌心輕揉。我似乎感覺到女人的手溫熱起來。男人女人沒似新加坡地鐵站的情侶大膽擁吻，管他甚麼眼光、拳頭、法律、道德，此刻僅有對方可以擺渡到無際的岸邊。列車還未入站，女人與男人從細語到放大聲量說話。我精神恍惚，聽不懂他們的語言。那並非泰語、印尼語、菲律賓語……，外來移民族群愈來愈複雜。情侶在說僅有兩人聽得懂的語言，似乎很過癮，也很吊癮。聲量由大聲，轉至更大聲。他倆沒停止說話，音調逐漸急促。我不知自己精神恍惚，為何還能集中精神，關注人家至如此程度。或許集中精神關注人家，是我在此地點——南沙臘站，一種行動的結果，表示自己繼續存在的延伸。列車自遠方緩緩進站之前，摩擦發出的聲響，彷彿警告著異國情侶某些事情。還有正喝一口礦泉水的我。我將瓶子塞進背包，背包掛在右肩膀。

列車門開，人群湧出。女人甩開手，男人緊跟著後頭。女人走到列車後面，男人緊跟不捨。我站起身，望著兩人的身影。湧出列車的人群與進入列車的人群交錯。男人驀然推了女人一把，她整個身子掉下月台。我緊張地跟近時，男人突然轉回頭，攫奪了我掛在右肩的背包直跑，迅速混入人群。精神恍惚的我，驚覺一股快要扯斷右手臂的力量。回過神時，顧不得一切，拔腿跟著擠進人群。男人動作如脫兔，奇快敏捷。我到閘門出口時已不見其影。急轉回頭，氣喘爬上樓梯，走向月台去找那女人。或許可以搜索到遺留的線索。列車剛好關上門，離開。鐵軌上奇蹟的乾淨，隙縫中連紙屑都不見蹤影。我的精神還在恍惚嗎，還是清醒了不少，我現在似乎搞不清狀態。褲袋的手機突響，我說不好意思，誤站遲到了。我來不及說我的背包剛被攫奪，對方已告知全村人都在等我，問我多久才到，需不需要駕車來接我。我安慰說下一班列車就快到了，不好意思。我警惕自己別再誤站，不只時間不充裕，身上除了穿著的衣物、手機，甚麼也不剩了。輕快鐵站依然是一個地點，我即將離去的地點。來到此地點，是一種行動的結果，我繼續存在的延伸。我彷彿在哪裡聽過這句話。

商晚筠的油畫

在特定的情境裡，我無意間在圖書館中，瞥見商晚筠的現代油畫。閱覽著那厚實的新馬女畫家畫冊，我掩著嘴偷笑。面對那畫工卓越的陌生作品，我驚訝於它直逼陳瑞獻八〇年代末油畫之境。據我搜盡相關商晚筠詳細資料所獲，她生前除了寫了兩部未完成的長篇小說、四篇中篇小說、許多的短篇小說、散文、詩、連續劇劇本、單元據劇本、評論、專欄等文字創作外，唯有留下部分陶冶性情的書法作品。沒聽說她遺存任何類似這麼有規模的油畫。那副色彩鬱暗的油畫的下方，還附上畫家的小傳及某著名藝術家的專業評語。

圖書館已接近閉館時分，我走向複印機打算先為自己存檔，返家後才詳讀評語。此時，某位熟悉的記者闖進門來找資料。我與她分享了這個喜悅。她也興致勃勃地隨我到複印機旁複印了那一張相關資料。

我未詳細閱讀裡面的資料，很開心的將它們收入公事包中帶回家。由於申請到基金為商晚筠籌辦出版小說集的計劃，我詢問了幾家出版社、印刷商相關印刷的估價等資料後，搖了電話給商晚筠的好友家人。她們都不曉得商晚筠繪過油畫的記錄，直呼不可能會慎重地收錄在新馬女畫家畫冊中。我原本以為可以將商晚筠的這幅似乎沒甚麼人知曉的畫作，請個專人設計成那小說集的封面，乘勢宣傳，勢必造成轟動。

我以為發現了珍貴的資料，在特定的情境中。第二天甦醒，那份資料根本不存在。公事包裡僅藏著一張白紙。我直奔圖書館尋找那冊新加坡出版社融合新馬兩地基金出版的畫冊。我一頁頁仔細地翻閱。我翻遍十次不獲後，搖電話去新加坡國家圖書館要求協助。他們在一個鐘頭後回覆我說無此頁資料。我寄存著最後一個希望。按著手中那位記者朋友的電話號碼，她說昨天沒來圖書館。我連忙詢問，你昨天真的沒遇到我。她罵我無聊，說現在忙著擠出稿件，蓋了我電話。我再搖電話過去時，她不理睬。我懷疑她要獨霸那張資料，刊登在報章，成為獨家新聞。幾天過後，報上沒出現那油畫的訊息。

在特定的情境中，沒人告訴我那不是商晚筠的油畫，也沒人告知那是。走出特定的情境中，我不再揣測。

穿絲襪的男人

竊賊搬家般洗劫了房子。房子中兩對男女的生活開始轉變。第一對愛吵吵鬧鬧的男女，突然間滅了聲音。他們審視凌亂的房間，發現整萬元的首飾遺失後，默默傷心，連報警也懶惰，天天躲在房裡喁喁細語。由於沒了電視機、收音機等發出噪音的電器，房子確實沉醉在寂靜中，剛好配合第二對男女的習性。

第二對情侶偏好寂靜，連走路出門都不願干擾他人，對於環境的轉變，感到無比的驚喜與興奮。他們開始多說了一些話，尤其與那對愛吵鬧的男女。由於長久相處而產生的摩擦，這兩對情侶的關係，早已達到相對四無言的境界。歷經這場上天安排的洗劫後，他們重新開口對談。尤其是當屋主拒絕修理已被撬壞的三個門鎖。屋主強迫他們自行負責，指責他們沒好好照顧房子，導致竊賊在房子無人時破門而入，不只偷了東西，還破壞房鎖。兩對男女聯合起來對抗原本親切的屋主，說他們財物與精神的損失，他們並沒追索。反而是屋主控訴他們需要幫忙照顧房子。他們辯駁，如果真的是幫忙屋主廿四小時看顧房子，他們沒收任何佣金，更何況除了按月支付屋租，搬進來時屋主還笑嘻嘻開心地收下水電費及房租的抵押金。修理門鎖的女人也站在他們的立場提供有利於他們的供詞：這種案件，通常是屋主解決房子一切的損壞。最後美麗的勝利，讓他們興奮不已。

隔天，吵鬧女人向寂靜女人示友好，讓寂靜女人觀賞她最近拍攝的少女照。吵鬧女人慫恿寂靜女人也去買化妝品，然後可以用非常廉宜的價格留下永恆美好的記憶。寂靜的女人原本不喜歡她，但是她還是勉強地看完了照片，稱讚人美怎麼拍攝都美啦。

她們開始一起去美容院洗臉，偶爾逛街。寂靜男人依然故我，不喜歡愛吵鬧的女人進廁所時，習慣性地關門摔下馬桶蓋的特大聲音、走路拖地的聲響……他還勸告寂靜女人別跟吵鬧女人太接近，導致他們發生有史以來的第一次爭執。

爭執過後，寂靜的女人開始做惡夢。第一個夢裡，她的雙腳被人高高舉起，狠狠地從房間拉曳至客廳。她不斷地掙扎，呼喚寂靜男人的名字。她被拖到大門口時，終於驚醒過來。她沒看見那人的模樣，只依稀記得黑色的絲襪，緊緊縮住那人粗壯的腳。她身旁的男人睡得超甜，甜得讓她突然生出摑他一巴掌的念頭。無論如何，她只是小心地翻身，然後走出房間，在客廳的沙發椅上閱讀時尚雜誌。

過了幾天，那穿絲襪的男人再次潛入她夢中。她全身顫抖地看著那人慢動作地褪脫絲襪，露出濃密的腳毛。那人用絲襪勒緊她頸項。她辛苦掙扎時，一直在思考著她如今是在夢中還是在現實中。如果在夢中，她應該如何可以脫離此惡夢。如果在現實中，是不是寂靜男人在跟她開玩笑。但是那玩笑太恐怖了。穿絲襪的男人，手力奇大，她拚命掙扎。她懷疑那人是個愛穿絲襪的變態男人。她反擊著那男人時，驚醒過來，手肘大力地撞醒身畔的男人。男人嚇醒後，迷糊地摑了她一巴掌。他們開始吵架，驚醒了隔間房的吵鬧男女，還以為竊賊再度潛進來，急忙拿著網球拍竄出房門探個究竟。寂靜女人撲進吵鬧女人的懷中抽泣。寂靜男人賭氣地摔了房門，躺在床上輾轉難眠。

寂靜女人再次夢見竊賊。今次，警察逮捕著他。警官請吵鬧與寂靜女人確定竊賊的身份後，竊賊被槍斃於沒沾上鮮血的白牆上。寂靜女人再次自夢中醒來時，露出微笑。第二天，她看見報章上刊登某竊賊集團被逮捕時，她跟寂靜男人敘述了貼近現實的夢境。寂靜男人說她如果再胡思亂想，遲早進瘋人院。

吵鬧女人對寂靜女人說，他們要趁農曆七月來臨前搬走，洗一洗晦氣。她邀請了寂靜男女一起搬走。寂靜女人告知寂靜男人後，他說會搬走，但是搬去另一個沒有吵鬧女人與男人的地方。寂靜女人再次陷入了寂靜中。一直到吵鬧女人搬離為止，她都很少再開口說話。

旋開水龍頭

你雙手奉上，說旋開水龍頭，整個故事就是我的。我好奇地詢問，聽說整個區域最悲劇的人物就是你。你點頭說：「是。連挖掘的故事都不屬於自己的。」我還聽說連上司與下屬都背棄你。你冷冷地說，「要我重複N次嗎，還不快旋開水龍頭。」我就是喜歡你的酷語，然後展開一個笑容，在無人的境地。

你抓住我的手旋開水龍頭，流瀉出來的並非透明潔淨的自來水。一粒粒的中文繁體楷字飄落下來。似葉子。掉了一地。有些覆蓋在草地上。有些掉進水溝裡。你喊著我說：「還不趕快撿起來。時間一久，它將被吸入地下，永恆的消失。」我開玩笑地說是不是好像《西遊記》中的人參果。你緊張地說：「遺失一粒字，排列時只好用猜的，十分麻煩。手腳還不俐落些。」我拾起那看起來扁平的字，放在掌心觀賞時，那字變成了米粒狀。你遞來水晶碗。我請你幫忙我或多或少拾一些。你笑著說：「如果可以兩人完成這篇作品，我就不需要只用嘴講，在一旁乾著急了。」

你袖手旁觀地讓我拾完每一個字。那一粒粒的中文字自水晶碗中取出後，我排列於坦開在馬路旁邊的白紙上。汗珠自額頭蒸發後，又冒出來。一隻頭先從水龍頭跑出來的貓，尾巴還駁接著水龍頭的下端。那貓輕輕地走過我身旁，喵了一聲。你抵擋著不讓貓靠近，以免我方寸大亂，不能在預定的時間內完成任務。大汗淋漓的我，不顧週遭的變化，努力不懈地排列。大概快完成時，你要我站起身，暫時忽略兩處不通順的部分，三條似乎缺了四個字的句子。我從上面俯望，排列出來的圖案令我驚嚇一跳。你安慰我慢慢來，每個人到最後一定會完成這篇文章，複製出自己。我抬頭瞅著你。你那原本是悲劇人物的特質頓時消失。你展開笑眉說，開心嗎，這作品就是你現在手中所捧，眼睛正忙碌追查的作品。

橫越安全街

白皙玉手忍不住遮擋犀利炎熱的陽光曬到臉上，特別是死睜原本就不大的雙眸，眨了眨那單眼皮。抓了那香奈兒手提包，直掛香肩上，隨即掩關車門。男人在她閉上車門後，響應似地配合關了駕駛座位的那扇車門。女人的香奈兒手提包在陽光下特別搶眼，純白色反射著充沛光線時，男人心裡暗讚女人眼光品味到家，選了加分的手提包，配合她今日身穿的黑色不規則衣裙角，剛修剪的時尚短髮，暗叫：絕配！

男人才跨出兩步，一輛載著兩人的摩哆緩緩橫過。女人正橫越街衢，號稱城市的安全街，邁步走去對面的潮州魚粥。她腦海圍繞著思念的，那燙熟在粥內的鮮鯧魚肉，特別鮮嫩美味。男人原本僅食稠稠的廣東粥，受了女人魔爪般的影響，學會品嚐那一粒粒似飯的粥（男人之前稱稀飯），與鮮魚薑絲及撒青蔥特別調製，配合得「近乎完美」。男人如今連讚美詞彙都學會女人的口吻，暗道自己：無可救藥！

男人接聽赫然響起的手機，對方開口即說：「雅絲敏導演突然中風入院，腦爆血管，情況緊張。」男人眼前出現的戲劇化情景，如同手機傳來的訊息震撼：女人有型有款的正橫越安全街，那輛坐著兩位暗色皮膚印度人的摩哆愈靠愈近。後方的騎士迸出吮奶的力道，粗暴地掠奪女人那漂亮閃白光的香奈兒皮包。前方的黑騎士驀然猛轉油門，女人隨著被奪的手提包飛身撲倒於地。男人驚得跌落手機，不顧一切的往前衝。女人的手臂還掛著手提包，整個人緊隨著摩哆在地上被橫拖，如同牛仔片中的「拖屍」。女人手臂感覺快脫掉，左邊的臉頰感到麻痛，腰部的旗袍有撕裂聲，玉腿直下腳部開始傳來絲絲痛楚。摩哆愈騎愈快。手提包到手後，他們擺脫摔在路中央的女人，揚長而去。

男人死命急跟上女人，連忙煞腳，詢問女人如何了？女人嘴張開說不出話。女人的左邊臉掛著驚人冒出的血珠，黑衣裙染成紫色，腿腳鮮紅一片，血肉模糊。男人即刻扶持女人走到路邊。男人找手機想報警，才驚覺電話不在身旁，回頭看到手機在車旁邊不遠靜靜地躺著。女人嘶嘶的喊痛，男人詢問還可以走路嗎？女人痛得哭出抽搐聲。男人一邊扶住女人，有個路人揀了男人掉下的手機還他。兩人緩緩地走回車旁，男人謹慎地扶住女人上車。男人急速地想送女人進醫院。

車子離開時，女人的眼角望著男人，然後掃過漸行漸遠的海鮮魚粥店鋪。

行色匆匆

身影穿過夢幻酒店的廊簷下。少女行色匆匆，越過賣電動狗、洋娃娃、翻版光碟的路邊攤。用手示意擋住一輛小型貨車，她加快腳步飛越馬路，登上樓梯。賣雲吞麵的女攤主比賣叉燒飯的男侍，斗喊嗓音的聲量。她跨進二樓的洗手間。

賣車票的馬來婦人坐在櫃檯，淺褐色頭巾緊裹住特大的頭顱。她嘴唇蠕動，流暢的馬來文，唸經似的說：「巴士馬上就開車，要去新山？」少女詢問回永平的票價。「巴士直抵新山，途經永平，二十。」少女瞄到牌子寫上「沒停」的字眼，忙問是甚麼意思。「哄人的，每個乘客要快，到時你記得交代司機拐進去。」婦人迅速地在蘋果青的紙背面鬼畫符。「車牌是二〇四六，快去月台十。」少女豐潤的紅唇囁嚅著，沒發出聲響。

少女擔心巴士轉眼間離開，麵包、水果、礦泉水都不敢買。離家這麼久，初次異常想家，內心暗忖不知在搞甚麼鬼。人影堆疊。穿過人群，手緊揣住荷包，背上的旅行袋臃腫得令人難受。步下月台十髒兮兮的樓梯。地下層，人影三五成群，有的在亂罵，有的在聊天。空氣悶熱，壓抑得肺部呼吸困難。烏煙瘴氣，沒聽說這裡大量的一氧化碳廢氣殺死任何的搭客，確實可惜。月台十僅飄散著烏煙，怎麼會有車牌二〇四六的鬼影。少女返回剛才的櫃檯，想追問巴士在何處。櫃檯沒人，故意玩弄她似的。稍等了片刻，櫃檯裡小桌子上的風扇盡自搖頭。那婦人可能人有三急，在上特大的一號。

少女背著旅行袋，嘴詛咒，心煩氣悶地返回月台十的樓梯口，伸頭往下直探。某個中年華族男人站在樓梯口，伸出佈滿浮經脈黑黝黝的雙手，要查她手上的車票。少女轉身離開。「別走，巴士馬上就來。」她臭罵道：「不是說巴士來了嗎？鬼影都不見。」那男人凶巴巴地潑口水大罵：「靚妹，都說巴士要來囉。車票你自己買的。吵甚麼吵！」她不顧一切，卸下旅行袋，擠在凳子上，兩個男人的空位中間。坐下時，她彷彿看見自己的嘴中呼出一口黑氣。

她故意平心靜氣地翻看手中的時尚雜誌。鄰座的男人猛抽煙，煙故意往她鼻端死鑽。她彷彿抽風機。她直瞪那男人。廿出歲的軍頭裝，大大長長的軍人旅行袋如一隻德國狼犬睡在他腳旁。她站起身，走去買瓶冰凍可樂、一袋切片淺橙色的哈密瓜、一串仁心果。嘴中嚼著甜甜的仁心果，灌下冰凍可樂，氣稍微順一些。她手中翻著雜誌中香奈兒香水那頁俊男美女的廣告。

軍人忽站起身，請她幫忙守住位子。他走去公共電話。風扇旋轉著空間悶熱的空氣。汗臭味四處飄散。她邊擦額頭冒出的汗珠，繼續翻看雜誌。驀然間人群吵雜，往月台十的樓梯直衝。她慌忙地背起旅行袋，手中拎著一袋切片水果，跟隨人潮湧下樓梯。兩分鐘後，她隨人群走上來，失望地發現座椅上擠滿了大大小小的臀部。她倚靠月台十的樓梯口扶把。某個華人青年站起身，邀她坐下。她報以微笑。他主動閒聊，發現彼此不只同車，還在永平下車。

巴士姍姍來遲。好不容易坐上座椅，鬆口氣後，她發現巴士人數不過半。司機始終不露臉，人蛇持續招客，時而大呼小叫，不時請乘客上座。她詢問身旁的同鄉，難道沒人控訴巴士公司招客的騙術、遲開、耽誤乘客的時間。「各人自掃門前雪，抵達家門口見到家人後，乘客們馬上忘卻剛才的不愉快。」她繼續問，你也是這種人嗎？「回到家都三更半夜了，哪來的力氣去搞三搞四，況且隔天不是要開工，就是要幫忙家裡的繁瑣事務。」她內心裡想，難道大部分馬來西亞華裔都習慣了二等公民的逆來順受，不習慣抗議，「安居樂業」過日子。她自己何嘗不是，即使屋外煙霾朦朧籠罩，看見人家在屋外焚燒，遍尋環境局的電話號碼不獲，最後隻眼開隻眼閉，不然就是隨口抱怨，然後關起門窗，打開房間冷氣，享受人間獨自天地。喇叭刺耳的聲響，震撼著耳膜。坐滿人客的巴士，因前方堵住了一輛巴士，拚命猛按喇叭。無人理睬。少女緊緊地塞住耳朵。司機不時猛按喇叭，那節奏觸目驚心。巴士依然停滯不前。

事隔十五分鐘後，巴士在夜幕低垂時分上路。一個鐘頭後，巴士駛進蜆殼油站添柴油。她隨大批乘客匆忙地下車上洗手間。他排在男廁外的長龍。巴士司機嚷著要走時，他未上車，她連忙與同車的幾位乘客同時大喊司機稍微等一下，有人未上車。司機故意駕著巴士直抵路口，然後直起嗓子大聲責罵：「來不及了，如果每個人都上廁所，在預定時間內，巴士怎麼可能抵達目的地。你們要害我挨罵？我要走了。」他猛按喇叭。急躁無比的大塊頭。「我們尿急怎麼辦？」某個婦女的聲音似箭射入司機的耳朵。司機馬上跳起來嚷，「你們以為這是私家車，要停就停。我可是打工的，要按時間抵達目的地。排長龍小便，排到來跟普通巴士停下來半小時有甚麼分別。我們可是打著沒停的招牌做生意。」

他終於回來了。司機罵聲如雷。她懸吊的心終於放下來。巴士繼續趕路。司機說此車沒停，直落新山，沒經過永平或亞逸依淡。他馬上在座位上與司機議論，要求司機在永平下車。司機馬上說：「又是你，都說不行了，回去後還要等人換輪胎，不然你幫忙我換？」他與司機吵了老半天。沒結果。她嘴中嚼著仁心果，請他吃些，說挺甜的，消消氣。「抵達時，我們不下車，看司機能怎樣。」巴士穿梭在路燈照射下的南北大道。路燈照不到之處，墨黑吞噬著路邊林園。

雨傾盆而下。晚上快十點半時，巴士緩緩停在路旁。司機開了車燈，嚷著說：「永平的搭客請下車。永平的搭客請下車。」他請求司機，「請可憐可憐我們，三更半夜，外面風大雨大，黑漆漆的。」「甚麼黑漆漆，你沒看到路燈。賣票櫃檯明寫著巴士是沒停的，我不能因你們幾個，耽誤了車上其他乘客的時間。況且巴士也得準時抵達，還要換輪胎，趕下一場回吉隆坡的車程。」「但是之前賣票的說有停。」「哪個？」「瘦瘦的收票員也說有停。」「我駕還是你駕，都說不能停。」巴士抵達路口時，他還在跟司機討價還價。好長的路。某個華人搭客先下車，走在前方，撐支大黑傘。雙方近乎罵架。司機駕著巴士緩緩往前走。「若不走，我出發了。」他拉住她一起下巴士。「沒辦法了，委屈一下。」他幫她提旅行袋。步下巴士時，司機嘴中不停地譴責。雨聲漸漸蓋過責罵聲時，司機已經闔上車門，揚長而去。

兩人共撐一枝小銀傘，擠成一團。他伸出手緊摟著她時，她故意閃開，一不留神，整個人摔在滑溜溜的柏油路上。銀傘飄落一旁，雨滴大粒大粒地猛打銀傘的表面，濺起一朵朵的白花。在雨中，他急忙伸手想扶起她。她緩緩地站起來，查看腳部有沒受傷，彷彿沒看到伸在半空中的手。

地上的銀傘被拾起來後，他撐傘為她遮雨。兩人默默無言地走在寂靜無人的路上。某輛吉普車馳騁而來。他馬上伸手攔截。吉普車駐停時，他邀請她一起上車。雨愈下愈大，她無可奈何地登上了車，濕漉漉地坐在座椅上。車中幾個馬來青年，瞥見她時，眼前一亮，發出邪邪地笑聲。她冷得直顫抖，當記起友人說的一句話：那些強姦案，僅是點綴著報章的某個角落，隔幾天，受害者是誰，沒人會記得的。

人蛇舞動

跨出人民廣場輕快鐵站，走廊左右的人群絡繹不絕。我掏出銀幣給盲眼電子琴手。你強而有力地拉扯我瘦白的右手喊：快一點，買不到車票了。

戶外的太陽炙熱，汗液緩緩滲出肌膚。週末的富都車站，人潮洶湧。你習慣從上市的K公司逐一詢問赴新山的車票。櫃檯人員異口同聲地說車票已售罄。

人蛇舞動，在招攬顧客，比手劃腳。人蛇逐一對你搖首，掉頭抓住其他顧客。我趁此機會拿起手機向友人求助，然後建議走出車站外，夢幻酒店不遠，停靠路旁的霸王巴士或許尚留空車位。你加速腳步，快拉斷我的手。手腕在你緊箍之下，愈加紅腫。我嘗試甩脫你鷹爪般的手指，你反而抓得越緊，似你在家時常常自背後雙手緊抱住我，勒住我上半身，即使我難以呼吸，極度難受。然後你愛在我耳邊吹說：「相不相信有一天我會如此勒住你，最後讓你死在我懷裡。千萬別生出逃離的念頭哦，你我可是永不分離的。」

迎面而來的人蛇，聽到赴新山的車票，帶我們走了幾步。你詢問車票的價錢，人蛇回答馬幣二十四元。他將我們「轉手」給另一位人蛇，我們彷彿成了貨物。那人馬上指著前方不遠說，那個黃巴士。你吵著看不到黃巴士。那人蛇走沒幾步，抱怨僅處理女客的法則，沒那麼麻煩。我們再次「轉手」給另一位人蛇，成為火辣辣的貨物。

樹蔭下一大票人在等待巴士。人蛇賣票時獅子開大口，每人索價馬幣三十元。他一張破黃紙收下我們六十元。你詢問是不是超特級巴士。人蛇說甚麼時候了，有普通巴士你都快笑歪嘴了。你回應今天星期一，非假日超特級巴士才售二十四元。人蛇心平氣和地說，票價跟隨油價與行情漲，你看看車票上的字，此票恕不退款。人蛇含笑走開，喚住路過拉行李袋的客人。你氣得以運動鞋踢樹，腳卻痛得嘴呱呱吵。某位自稱阿魯的乘客，趨近你說他們已經白等了一個多鐘頭，激怒地批人蛇的種種惡行：大白熱天，站在街頭光明正大地欺騙路過的乘客，執法人員簡直在睡大覺做白日夢。我插嘴說在辦公室裡吹冷氣。你大喝一聲，我假借彎過頭，望著新加坡客似我們剛才上當的蠢模樣。

我環顧四周懶散閒聊的馬來搭客、一對婆孫在樹蔭下飲礦泉水。人蛇不知晃去哪裡招客。驀然間，人蛇似魔術師冒現於我右側，身旁多了兩位乘客，在掏腰包付錢。人蛇數著鈔票，確認數目，手心都發笑起來。兩位乘客的臉龐，在聽了人蛇的回覆後，臉煞白如紙，追逐著他走向下一個獵物的腳步。

阿魯慫恿你狠狠教訓人蛇一頓。你按捺不住，鬆開箍制我的手，湊前捉住穿白衣的人蛇狂揍，然後擺出拳擊後忽前忽後跳動的防守姿勢。人群雞飛狗跳。有些新加坡客乾脆逃亡，暫避風頭的嘴，嚷著找別間巴士公司。反正再等多兩小時，巴士可能未見蹤影。你正如我預料：空有架子，頭破血流。縱然那人蛇腳趿拖鞋，小腰包頂在凸起的腹前，但非好惹的貨色。

別處湧來其他人蛇勸架。兩人似鬥雞展翅踢腳。你雙手猛烈攻擊，不顧血披紅臉。人蛇沉住氣的對應虛實招術，眼睛還有閒暇掃射路過的人群，詢問要不要買去新山的車票。這激怒你急速跑到路旁，提起大石頭追著人蛇欲砸。乘客們狂叫亂逃。某人蛇大聲嚷道巴士在前方，請大家快去霸位。我跟隨人流移動。石頭飛過人蛇的側臉，乘客的「噢噢」聲隨著石頭落地。

踏上巴士時，你血淋淋地坐近我身旁，還在怪罪人蛇，繼續上下車招客。你怪嚷巴士再不開車，你就馬上離開。你說不忍心看著人蛇繼續欺騙顧客，普通巴士一排四個車位，從吉隆坡去新山叫價馬幣三十元。太離譜了，真是夭壽的天打雷劈。

你的手伸入背包裡掏東西。我替你擦著臉上血跡，換件紅色運動衣。我開口勸你與人家握手言和。你真的走下巴士，然後拿槍幹掉對方。你的身影迅速奔入人群。人蛇躺臥在馬路上，真像一條死在馬路上的蛇，化身為人的蛇。

我拿起手機，按了號碼說：謝謝剛才的提點，使命終於完成。我重獲自由身。

手機旋即響起，我瞥見你陰魂不散的名字。在巴士出發前的那刻，我將手機拋出巴士大門口。

ＪＪ風潮

初次見到模型小飛機時，他的手指捏住機身，飛機頭部衝著你而來，嘴中傳來「咻咻」的聲響。你剛要說出「還小呀」的時候，他先插入，「像不像王菲傻乎乎，手拿飛機，在別人家裡橫衝直撞？」

第一節姆指般大的模型飛機停在你手掌上。小巧玲瓏的模型開始引起你的矚目。之後，他的電腦上面，建立起「飛機場」，停放的飛機模型從航行客機、雙翼滑翔機、流線型戰鬥機、直升機、靈感取自魔鬼魚的隱形飛機、日本蝗軍陸攻轟炸機……眼見下屬一個個奉承他，贈送他各種類別飛機模型，你沒直接對他說想嘔。即使相熟，有些話比較適合讓它在內心自由盤旋，像暴風雨不能降落的飛機。

樓下同事開始瘋狂收購ＪＪ麵時，你桌上堆積著ＪＪ麵。你好心地分派給喜歡吃零食、不怕掉頭髮的同事。你還恥笑某個後知後覺的同事，最後才知曉原來每包ＪＪ麵中附送了一個眾人渴望的模型：從最原始的動物恐龍、大型哈利摩哆、古董汽車、飛機、火箭、至高科技的太空梭等。暫時滿足普羅大眾不能擁有某些物品的夢想。你學習同事們身在其中，沒視穿商人轉移人類內心渴望某種誘惑的弱點，不知覺地拐回小學時期的瘋狂行為，不斷購買零食，只為了附送的假手飾、漫畫、貼紙、動物印章、贏巨獎遊戲等。十年前，你還贏獲當時最流行的電子遊戲機，羨煞身畔同學朋友。雖然它們如今都已經不知身在何處，但是你此刻似乎享受卷入風潮的漩渦。

走近某個堆疊文件至半身高的同事時，你詢問：「這麼拚呀？要吃飯嗎？」她抬頭看著你笑，正手忙腳亂地裝配某架複雜的模型摩哆。你打哈哈地接手幫忙，一副高級技師純熟的手法，讓她拍手叫好。你在眾人面前成為ＪＪ模型顧問。擺放你電腦上的ＪＪ模型，件件是複雜的精品。你摒棄不夠立體美的恐龍模型，發表唯有人類高科技的機械產品，才能凸顯立體空間的美感。你貶低簡單易裝的模型，認為擁有者智商低能。你強烈的批評態度，引來看不過眼的目光。

第二日，你發現電腦上的擺設品模型失去蹤影，造成你終日無心工作，走遍整棟大廈，檢視人家的模型。他抓了你去問話，希望你小心旁人的暗箭四射。此時，董事長駕著雙門ＳＬ馬賽地跑車突襲，整棟樓的職員雞飛狗跳，忙碌地收拾殘局。你獨自爆笑蔚為「戰亂」奇觀，欣賞眾人橫掃模型進入抽屜、公事包、手提袋……某個模型癡將珍藏品暫擱放垃圾桶內。他眼睜睜看著印度清潔工人在董事長面前收拾乾淨。事後他狂追出去時，清潔工人已不知所蹤，唯有重捶桌面發怨氣。最倒霉的某同事，董事長出現時，他正收拾殘局。結果董事長毒罵全體部門至焦頭爛額，部門經理也跟著引咎辭職。此同事眾多模型的殘片被董事長身旁的虎狼腳踏狠揉，地上模型碎屍狼藉一片。事後，模型重新擺在辦公桌上時，大多數的殘缺部份已缺頭斷尾。他們有些歎說懶得花時間分門別類，其實是分不清哪片是屬於哪個模型的。

同事們開始懷疑你製造董事長突擊檢查的假象。你與眾人的關係開始出現裂痕，他也不再袒護你。偷竊者沒輕易被揪出，散播謠言者也逍遙法外。你在辭職後醒來的第一天早上，收到郵差寄來的郵包。你沒詢問有沒炭疽菌，馬上撕開郵包。郵包裡的模型碎片，一片片似雪花飄落。

五元汶幣

炙灼燙膚的陽光不客氣，沒得我允許撫摸衣袖捲起的前臂。如很接近燒旺爐火的麻癢，我用右手安撫左手前臂，連帶擦揩汗毛邊的點滴汗珠。按捺不住領帶束縛頸項的窒息，我解松衣領旁緊咬的鈕扣，拉扯整齊花色領帶。面試橫越馬路後，我並未覷見巴士車站，忙問正豎站得如雕像的印尼女孩。她簡短地答這兒上車。

驀然有輛鐵銹紅汽車停歇詢問襯衫都濕了，我想上哪兒。我答士姑來，他說順路，吩咐我上車。我就莫名其妙搭坐這陌生人的車，當作偶爾乘搭的順風車。閒聊無事，我端詳他長得有些鼠目大鼻凶相的臉。電台播放馬來歌，他邊閉嘴輕哼邊駕車，嘴內含金般沒吐話。肌膚黧黑的他，腹頂的大肚腩使身上的襯衫膨凸。腳下踏雙涼鞋，不似逃離返家的上班族。

我愈看心裡愈覺得不對勁，連窺探也開始覺得膽戰心驚。幸虧錢包內也藏著不多錢，一個一元馬幣、一張五十元馬幣與一張哥哥贈予我花費的五元汶幣。柔佛銜接新加坡，汶幣與新幣價值近相等，倘若我越橋出國，就可派上用場。這張汶萊五元紙幣防水、表面平滑，高水準的製作顯示汶萊的富裕。朋友看著，都好奇地借去觀賞，連水果店老闆都驚訝發現我錢包內有張鑾美麗的紙幣。

我往前視，無意中喜見渥太華大學的校徽貼黏車前鏡。他應該是大學生吧，自個兒撫慰忐忑不安、總想著快些抵達車站的心。「要到了沒？」他令我有唐突的詢問。我答沒。他又緘默縫封雙唇。我腦海裡迅速搜尋最近報章有沒奇案。難道我將會是第一宗的受害者。還是別胡思亂想。

頭轉向左方，將似櫻花般花簇掛滿樹、花屍鋪白地的不知名樹餵飽雙眼。想暫且遺忘本身的存在是難以辦到。他不開口，自己堅持不攀談。車繼續駛向司機不曉得目的地的方向。路上車輛鑾多，雖然不是上下班時間。他駕車技術鑾好，忽左忽右的轉來割去。

高高白色公寓是我家附近車站的標符，我指向那兒叫他停歇。打開車門時，我本想道聲謝謝，他卻殺價十二元。我啊了一聲，他說十元就好，路途鑾遠。我心裡暗喊沒人叫你載。耳朵又彷彿聽見誰叫你貪搭順風車的便宜。我目視他似那會咬死人的哈巴狗凶巴巴的模樣，急掏錢包。我沒十元，只有五十元馬幣，有得好找嗎。他睛亮瞥見綠青汶幣，說就要那張新幣。我連忙抽出，頭不回的快點離開。那張五元汶幣放藏我錢包整年了，沒想花掉的念頭。並非想保存哥哥贈送的物品等情誼，而是五元汶中間有很大的撕痕修補痕蹟。我臉皮薄沒攜去購物，又心怯帶去錢幣兌換中心對換，所以一直耽擱至交給他為止。我沒回頭，感覺到衣袂與風正調情的歡悅。我也不管他有沒喚我。我要趁他還開心，以為就這樣輕易騙張與新幣等值的汶幣時逃離。我不曉得他有沒發現，我知道我已踏在階梯的最後一級。

死皮的嘴

輕輕餵了刀口的拇指復原後，傷口殘留兩瓣死皮，挺像嘴唇。某個臨睡前的夜晚，死皮嚼著嘴皮，突然詢問我要睡覺了嗎。我左顧右盼，尋不著半個人影。死皮的嘴不饒人，開口就說，找甚麼找，正說話的嘴長在你的拇指上，是左手的拇指。我睜大眼睛將左手拇指湊近細看，果然有兩瓣正掀動的死皮彷彿嘴唇般正罵著粗話，好長的粗話，幾十個字都不需喘息。是不是覺得慚愧，連粗話都不會罵。心裡想著死皮也會教訓主人，還是第一次聽過。你沒見過養大後的親生兒女弒父砍母嗎，甚麼女人原本是男人的一根肋骨，你沒聽說老婆毒死自己的丈夫嗎，只是與你耍嘴皮就暗中生怨，真沒用，有甚麼東西就開口講，放在心裡甚麼都不說，現代人的通病，甚麼都表面化，表面很好，背起臉來真想立刻捅刺對方。

你有完沒完，我想睡覺了。死皮回說你想不想睡覺我還不知道嗎，你心裡還想趁機拔除我那兩塊皮，徹底毀滅後，暗中偷笑。我勸你還是減低敵意。我只是想與你傾談兩句。我無可奈何的說好吧，但是，聊太多話我會失眠。是不是太興奮，未開始已顯露這種要不得的態度，真是無可救藥。我覺得自己還是不說話的好。死皮立刻猜穿說如果憋死了可與我無關。

別擺出這個死模樣，你自己也挺討厭的，更何況我源自你身體的一部分，有哪點不像你呢。我忍受不住，只差沒向它怒吼：你到底想怎樣？我只是想給你猜謎。發甚麼神經，我明天還要上班。我明天也要與你一起上班呀。是，我連忙點頭，明天我們一起都需要上班。這種語調就對了。是不是開始覺得自己比較不那麼令人討厭了。死皮，我真的有這麼令人厭煩嗎？你對著鏡子反省就好了，問我幹甚麼？鏡子又不是白雪公主後母的魔鏡，它不會告訴我。我只是死皮，又不是魔皮，更不會將世界上所有的人來比較……別長篇大論。禮貌點好嗎，我都未說完，死皮抱怨。

你還真比人難纏。可知道你自己的厲害與恐怖了吧。嗯。是不是需要學乖點。我學小孩子點頭繼續說嗯。死皮開始問它的第一道問題：你整天看電影及錄影光碟，給你猜猜這部片子的名字？你還蠻瞭解我的嘛。我不瞭解你，還有誰瞭解你，我恐怕你自己都不瞭解自己。請問。某個人被冤枉後關在牢裡無辜渡過廿年後，終於在之後認識的朋友協助下重獲自由，難道此部影片真的在述說法律最後還是公平的嗎？

不是，因為那廿年的自由是法律或任何人或東西都不能補償回去的。那部片子是《捍衛正義》（*The Hurricane*），男主角丹佐華盛頓（Danzel

Washington）還因此榮獲坎城最佳男主角。你還倒背如流的。這種「濕水野」，只要在我眼前晃過，立刻牢記，何需熟背。還挺會賣弄的，其實我也是認為熟背的職責是比較趨向小學中學的不成熟方式。第二個問題，沉溺及徘徊於記憶與失憶之中，然而不管是在記憶或失憶間，人還是需要面對現實，排除時間的侵襲只是存在於電影或美好回憶中。

即使你講得模糊玄妙，你千萬別忘記你只是我記憶中快遺失的個體組合，很快的你即將磨損，無需我動手或動腦筋，你應該知曉。邪跟正不存在時，確實的存在雖然短暫，但是，它還是存在了，不管有沒人感動、回想。我其實是想說，當你離去後，就似我以後也會離開我這軀體，不管我本身會不會連靈魂也離開，雖然我不確定我會以甚麼形式離開軀殼後再離開靈魂，但是，當你似花瓣般凋落，你的記憶將隨著你掉落的那刻永遠的被洗淨，漂白水是多餘的，而雪白或曝光的白將會帶走一切。你是不是不懂答案，故意轉開話題。別反問如此白癡的東西，我是真的要勸告你。因為即使你離開後，我還是會繼續看電影及錄影光碟，甚至出國去觀賞影展，其實你應該補救的是如何盡量使你免於自我拇指上脫落。那就用保鮮紙罩著我，讓我保持新鮮。你故做可愛的表情，然後就痛罵說還不快解答。

《半支煙》。還是由我詢問你會比較刺激。導演挑戰世俗，把人類食色性也，追求最基本的官能慾望，淋漓盡致毫無顧忌赤裸不羞愧地拍攝而出。它會讓你感覺性到了極限與死亡只隔一條線的蒼涼與悸動。我知曉了，最震撼人心的是她將布條勒緊精盡人枯的男主角頸脖，讓他在死亡邊緣中感覺最高的性愛境界，女主角甚至……好了，算你是好戲之人。其實我覺得這種遊戲蠻無聊的，我知道的，你也知道，你曉得，我也滾瓜爛熟。你是不是想說還是睡覺好。是呀。你知道在我短暫的生命中，我絕不輕易浪費生命於這種無聊的勾當，甚麼晚上八點睡覺就可以似戴安娜般美麗充滿魅力，她最後還不是只活在美麗的回憶中。

我才懶得理你。你說我不可持有這種態度，應該守望相助。

你別一字不吐嘛，你不知曉一個人獨白的寂寞嗎。我都習慣了一個人過日子，沒有甚麼寂寞不寂寞，你也應該學習。當然啦，你有眼睛可以看書，有耳朵可以聽音樂光碟，可以看電影或影音光碟。這種現代生活方式，疏離人與人之間的關係……我打斷它的話語，說真的好悃。你知曉的，一個人太過自我或自己生活久了就會產生這種不近人情又無禮的生活方式。你何嘗不是自私到想找個人陪你閒聊。

死皮沒再開口。寂靜逼著我的眼睛瞅往它的方向。兩塊死皮似花瓣飄落。

酒與預言

他說他滴酒不沾唇。狂購名酒所解釋的原因是收集漂亮酒瓶的怪癖。家中櫥櫃堆滿各款式酒杯，讓我歎為觀止。其實，他無需向不是與他甚熟悉的我做任何不必要的解釋。他想在夜光杯盛裝最名貴的葡萄酒餵養家裡籠中的七彩鸚鵡或波斯貓，又與我何干。我也絕不關心。他故意不經意地說不喜歡瞧見任何生物醉醺醺酩酊的死模樣，當然那生物包括人在內，然後藉機掩飾清醒時最想做的事情。我不明白他為何不用借酒行兇這四個字來替代，可能每個人有不同的習慣。我相信他的語言能力不會差過我多少。聽說他從前上課的成績是所向披靡的，人人只有望塵自歎。他總可以將每件事明說得頭頭是道，讓你我心服口服，點頭稱是，但我不曉得那是否跟他袋裡的鈔票與顯赫的勢力拉扯上關係。大家都習慣喜歡爾虞我詐，彷彿那種生活比較安全，大家比較能適應。

當我確定不懷疑他從不喝酒，但是鼻子喜歡聞嗅酒精散發於空氣中最初的香氣，似我只聞咖啡不喝一滴咖啡不然會反胃作嘔時，耳朵自電話筒、電視台與電台傳來朋友、報告新聞者宣稱他凌晨駕車失事，原因是酒精報復他一直以來的不坦白。我繼續我的睡眠時間，其實，我連他的名字都記不清楚。這是我隔天聽到最不殘忍的輕微評語。

爆蔥香

鼻孔鑽進絲絲的飄香。你熟悉那是我最愛嗅聞的氣味——爆蔥香。仰起躺在枕頭上的頭顱，猛吸了一口那撞入心懷舒服極了的香氣。雖然怨惡搞得房間遺存的油膩，我並沒掩關面向對屋廚房的窗門，阻止陸續登上我房間的煙粒子。

鼻翼搧動，腦海彷彿被某人打入記憶的強力針，往事浮沉不定。我猜疑對屋人的面孔，似當初你在我身旁時，一直掛懸臉上，淺印著酒窩的笑容。細薄的耳膜似失去功能的竊聽器，探測不著對面屋子發出的任何人聲。

我臨近窗櫺，整排傾斜的玻璃窗片，只見一個人影，分不清男女性別。最近聽說有人新入伙，但我只聞東西搬動的聲響，尤其是碗碟。至今沒人的吵鬧聲，適合做我的貼鄰。

你的身影活躍明晰地突現眼前。天氣陰涼的中午，最適合爆紅洋蔥片。某次我如此地說。你回應因為不會弄得火上加油。你頑皮地靠近我身畔，將尖挺的鼻子塞進我的腋下猛嗅，飄著爆蔥香的腋下。我差點將手上緊握、沾上蔥屑的鍋鏟錯落在你身上。人家正忙碌，走開。你似屋外那條癩皮狗愛賴著人不走。

對面屋樓下廚房內的人影在靠窗區域晃動，我突然有一股衝動，想揭開那人的真面目。心裡又懼怕那人不過是一位五六十歲的老婦，閒來無事，或剛好冰櫥裝爆油蔥片的罐子空無一物，或許……你最喜歡反駁我：為何總是這麼多或許，或許到來天暗了，你還在或許。

我不顧一切地踱步下樓，耳聞風從兩邊搧動的褲腳呼籲，快些，快些。

某個天氣陰涼，又沒落雨的中午，你竟然想學切洋蔥片的手藝。正在切洋蔥的我「啊」的一聲。眼鏡鏡片竟然沒掉落，你說。我笑了笑，要你睜著眼細看。幾秒鐘後你說淚快擠滴而出，好刺激。我捉住你比女生還幼嫩的手指，心裡感覺慚愧。你一直擔心會割傷手指，結果是一直到你離開時，反而是某次我切紅蘿蔔時，食指餵了刀口，流淌鮮血時，你急得衝撞椅子尋找繃帶包紮傷口。你淺吮我食指時，眼睛望進我眼瞳的鏡頭，猶如《第三類接觸》（*Close Encounters of the Third Kind*）內，女主角替男主角尊特拉華達剃鬚的經典難忘、叫人呼一聲的鏡頭。

廚房的門就在眼前，正握著的鍋鏟的男子剛好旋轉過頭來，你的臉孔剛好與他的臉孔合而為一。我沒大聲的呼叫，想給予你一個驚喜。記得我是飛衝出門的，披在肩上的髮，有點似同你共居一屋時的長髮般飛舞。癲皮狗嚇得閃避為快。由於沒門鈴，我是邊敲門，邊喚喊你的名字。

你終於走出來了。一臉不解的神情，溶解了我臉上的春意。小姐，請問你找誰。我真的懷疑我的眼睛，這不是你還是誰。別佯裝了，快些變臉吧。小姐，你叫誰變臉，再不講清楚，我可真的要變臉了。你硬起語氣。不，應該把你變成他才對。他並不是我認識的你。對不起，先生，我認錯人了。我裝著若無其事地走回家。眼淚是無濟於事的多餘水份。我沒學金城武在《重慶森林》裡拚命晨運想散發體內多餘的水份。

迷迷糊糊又過了一天。一直到樓下小房的好友告訴我，對面的那家人才搬來幾天，又搬遷了。真不知搞甚麼鬼。

我再次抵達他家門口時，裡邊已空無一人。我發現這間又遭人遺棄的房屋比我還要傷心。我們的共同點是沒淚水可滴。

對位法

一

我閒坐於灰白小藍點的塑膠椅上，背部墊個藍紫碎花枕頭，所以倚靠椅背時，比較不會傷及雙臂銜接處的經脈。黑底桌上，攤開著卡爾維諾的《給下一輪太平盛世的備忘錄》（*Six Memos for the Next Millennium*）。此書是這位大師預備動身前往美國哈佛大學的演講稿，很不幸的，他未發表就腦溢血而與世長辭。

我正沉醉於他的文學藝術造詣而不能自拔時，你竟然穿著長襯衫走入我紙張書籍凌亂的房間。你激動地發表一直以來恐懼追擊報章上的新聞時，我正清醒地閱讀，作者覺得人類最特出的才能，即遣詞用字的能力，似乎感染上一種瘟疫。這種病的來源不知該歸咎於政治、意識形態、官僚體系的一元化、大眾媒體的壟斷、或學校散播平庸文化的方式。

當你目睹我抬頭望向你時，你繼續發言：「在這『言論自由的國家』，散播的新聞是沒價值的。有權勢的，通過『過濾器』合理化地確保國家安穩不造成危亂。事實是他們為了個人利益、地位與名譽。雖然身旁無人，我還是左顧右盼。至於隔牆有耳我也顧不了這麼多。是不是你知曉熱狗是如何做成的，你就永遠都不敢吃了？我問道。他用上教授在課堂常講的名言：就像你知道統計學是如何被計算而出，你死也不會相信它的準確性。

在彼此異常接近的頻道互相交流時，我發現你變成了我，而我變成了你。這種情形，挺像《蘇菲的世界》裡的對位法。「報章新聞在文字上的應用，千篇一律，味如嚼蠟。」「倘若不是錯過電視新聞播報，還想探知最近發生的煙霧情況，我才懶得翻報。」「對了，我馬上要去停止訂閱報刊，根本就不合口味。」「報章上摘錄的，都是為了報導新聞而寫新聞，而當新聞失去原有的價值，再加上文字上他們完全不花功夫，只給人讀起來像搬進一個文字框架，修改時間、地點與其他不同點，有如死水的文字。」

最後，我已分辨不出所說的話，是出自誰的嘴。最重要的是，彷彿你所說的，是我要說的，而我說出的又彷彿是你沒說出口的。

二

那日出席研討會之後，你到底有沒回想起你所發出的尖銳課題引起的爭論。你總是會無緣無故，再彼此談天正進入最佳狀態時，冒出毫無相關的問題。其實你每次都說我說話時喜歡打岔，如今的你何嘗不是如此。我不知曉你潛意識裡學到的還是故意在我面前賣弄諷刺，或許你終於認為這是一種很好的談話方式。

有。我簡單的回應他。當時我詢問的題目：報刊文藝版出現的主要文章有三種：第一種是知名作家的佳作，那絕對令人心服口服；第二種是知名作家的濫作品，很令人質疑編輯的選稿能力；第三種是初生之犢寫出非常優秀的作品。至於其他的漏網之魚呢？我發現身旁許多朋友，雖然寫得好，但是對報章園地的失望，導致他們寫的文章只在身旁好友間傳閱，提不起勇氣投稿。最後，他們對文學的熱忱不再燃燒，甚至逐漸熄滅，真叫人擔心傷心文學創作人材的間接流失。所以我請教了他們有效的策略。有的學者說這是中港台普及的現象。有心人持之以恆，遲早有一天會被人挖掘。其他人建議在網絡自闢園地，自由發表文章。

接著我對他說，我的言語似乎傷了某些文壇前輩，但我並非存心的。我只是敘述了真實的現象。如果我將身份對調，成了文壇前輩，當時的我會在心裡痛罵？

嘔吐

踏上顛簸的巴士，口頰殘留韓國泡菜酸味。腦中盤繞著幾時大夥兒轉移陣地，過去辦公樓隔壁新開張，賣素壽司的日本餐廳。夾了巴士票根塞進褲袋內，我越過兩旁坐滿搭客，直擺的長椅。臀部坐住橫擺的第一排長椅時，我望著左側兩個座位上的馬來母親與兩個小女孩。其中一個小女孩站在椅子上，正向我微笑招手。坐在我最前方的是一對穿著沙麗及印度傳統男裝的印度夫婦。接著而坐的是另一個穿著比較寒酸的印度青年，正抱住捲曲黑髮的頭顱。

我才坐穩，那青年胸部突然趨前，頸項似龜頭伸出殼，嘔吐穢物。液狀穢物開始在他腳旁的地上流動。坐在他對面的三位朋友，突然停止笑臉。透過夕陽最後的斜暉，我偷偷瞄一眼那攙雜著胃酸的印度食物。所幸那氣味沒硬闖鼻腔。

左側的兩個馬來小女孩在說悄悄話。馬來母親正在靜靜地觀賞繼續嘔吐的印度青年。他身旁的印度丈夫緊抱住開始掩住鼻嘴的妻子。坐在我後面的華人婦女連忙站起身，走到後面，寧願拉著鐵環站著。她兒子繼續坐在座位上看得津津有味。

司機佯裝不知似的，繼續行駛。印度青年的朋友遞給他紙巾。他繼續嘔吐，然後暈暈的頭倚在横桿上休息。第一個馬來搭客走上來。他將錢放進桶裡，鞋子踩過穢物。印度婦女嘴唇歪向左邊。她對面的三個印度青年別過頭偷笑。那人想坐在我隔壁，我飛快縮起雙腳。

第二個上車的搭客是個華人，他小心翼翼，皮鞋躍過穢物。印度青年們笑不出。坐我後面的搭客們，都興致勃勃地觀賞好戲。當第三個搭客，沒感覺地踏過穢物，走去後面時，印度婦女連忙將地上裝滿食物的紙袋抱在懷裡。那坐在三個人中間的印度青年，猛拍了旁邊另一位朋友的大腿，繼續憋住笑聲。

當第四個馬來女搭客的長裙拖越過穢物時，印度青年們差點笑出聲。印度婦女掩嘴搖頭。印度男人坐在她的身旁，與低頭的嘔吐者一樣沒反應。天色漸漸暗下來。某個老人上來後，站在穢物上面。印度青年們笑到不會出聲，摀住肚子。

巴士繼續往士姑來的方向穿行。司機在老人下車後，亮了一盞小燈。馬來母親卻突然睡著了。剛才對我微笑的馬來小女孩沒人看管，移步走向前方，不小心跌坐在穢物上。那兩隻小手，不亦樂乎地把玩著泥沙般。沒人干擾那馬來母親的美夢。沒人上前扶走小女孩。那小女孩站起身來，走回馬來母親身旁。那骯髒的小手，摸著馬來母親肥壯的手。那穢物的難聞氣味開始襲擊著冷氣空間。馬來母親緩緩移動肥胖的身軀，醒來。她打了小孩的手後，開始嘔吐。穢物飛濺在她前面的三位印度青年身上。紅白的參峇及椰漿飯飛噴出她的嘴，大部分灑在剛才印度青年嘔吐的穢物地點。

馬來母親持續發出喉嚨嘔吐與乾嘔的聲音。我彷彿看見小時候，母親某次回娘家時，坐在巴士上，手持一個紙袋嘔吐的姿勢、氣味與記憶。我難以自制地嘔吐，似當時年幼的我，跟隨母親嘔吐。自我嘴中滑出，已經咬碎的韓國泡菜飛到印度女人的臉上，剛好趴蓋住她剛才不斷斜歪一邊的嘴。印度女人的尖叫聲，喚起巴士上搭客恐怖的記憶。吵鬧聲與鈴聲大作，全體搭客亂成一團。

「恐怖份子……」某個人大聲嚷叫。我沒間斷地嘔吐。除了剛才的韓國菜、中午吃的滷鴨滷蛋豆腐粿條仔也脫口而出，飛濺到之前他們嘔吐的穢物聚集點。巴士司機在馬路中央緊急煞車後，急忙跳下車逃開。巴士搭客們雞飛狗跳。巴士前後門緊閉著。坐在我前面的印度夫婦連忙起身。印度丈夫刮了我一巴掌後，扶著太太，踏著印度青年、馬來母親及我的嘔吐穢物邁步向前，拉了打開巴士門的機關。巴士前門終於打開。搭客們一窩蜂衝前，濺踏地上混雜的穢物。沒人發出笑聲。最後一個下巴士的我，靜靜地踏離巴士時，輕蔑地笑稱自己是恐怖份子。

跳樓

我一站在高處就有一股往下跳的衝動，那是因為一股莫名的力量一再地催促著我，慫恿著我。人除了具有維持生存的本能之外，同時也具有自我毀滅的本能吧。倘若如此，我的自我毀滅的本能一再在我體內澎湃著。

——多岐川恭，〈墜落〉，摘自《直木春秋》

擔任高職的他，畏懼尚未被證實的貪污罪，將妻兒拋諸腦後，自十二層樓的聯邦大廈墜落。死狀淒慘。有人說他身不由己，被同謀推落；有人推論他時運極低，偶遇不乾淨影魅；有人罵道他怯懦，不應該就此拋棄妻女。當我抬頭，眼睛觸及這座向世界挑戰、與他國爭奪最高榮譽的巔峰塔時，她輕柔哀怨的聲音愛撫著雞蛋膜般薄的耳膜，給予我靈感尋覓此生最愛是誰的最佳方法。內心顫抖著喜悅，因為知曉時局低迷時，這租借不出、遺剩多處空間的百層樓高塔的最佳用處是自頂樓往下躍跳時，可以騰挪更多時間憶想思慮今世可能都無法達致的境界、困擾、領悟、方向與抉擇。

猶記得年齡尚幼時，我曾聆聽過鄰居的物理老師說：如果某人自高處似一粒石頭般墜落，未碰觸樓底的地面，那人早已恐懼得無法呼吸而斷氣。我對那位老師的斷論疑慮至今。只因沒聽聞在此市墜樓者，曾在事後僥倖存活，然後到處述說刺激驚險的過程。如今身處遊戲前奏，正乘搭電梯的我，耳咽管因巔峰塔高度逐漸增升而感受到撲過來的氣壓。思慮游移於欲嘗試的跳樓遊戲及欲揭開的謎底。昂奮的心似電梯節節上升。我猶如交尾興奮過度而忘卻危機的雄螳螂或蜘蛛。透過玻璃，樓外不斷變化的夜景，在電梯愈升愈高後，與相對的夜空更配合無間。墜樓的後果，對於腦正興奮至大量充血的我，對一切事情毫無顧慮，妻兒身影早已化為地面上其中一個沒意義的黑點。

巔峰塔的高聳宏偉只限於遠處觀賞。當我佇立塔頂，風急得將我長髮拂向耳後。位於此城最高建築物巔頂，除了可俯瞰迷人霓虹夜景外，此時的我覺得，這是最佳的跳樓處。或許有人會認為，至少還可以風風光光，嘩，甚麼第一位從全國最高樓墜地者。事實是我在尋覓一直以來困惑我的答案。至於其餘複雜的東西，那是別人事後編製整個事件的成因後果時增添的，如那位未被證實貪污罪跳樓的高官，死後謠言滿天飛。

我故意挑選今日，是因為傳聞的蜘蛛人，將在近日赤手空拳攀登此塔。由於他難以獲得當局者批准，所以他將偷偷摸摸進行此項挑戰，似如今的我。我希望在墜地的前幾秒，腦海縈繞著眾多撞擊元素，在百哩風速墜下，電光火石間，還可以眼尖瞥見一位正緩緩攀爬的蜘蛛人。我憧憬的莫名感漸升。或許那對於我想尋覓的答案，會產生更多的衝擊。

前幾年美國好萊塢拉大隊，來那時剛建好的巔峰塔取外景的報導，儼如身懷輕功的俠客輕易躍入腦海。內心總是覺得為好萊塢電影免費宣傳真傻。彷彿國人動用數十億元興建的巨樓在為人家免費搭建一座昂貴完美的外景。然而有人還沾沾自喜大明星特地來我國取景，多麼讓人亢奮。我在興歎他們被人利用了還得意洋洋、無知愚昧時，我設想倘若我就此墜地而不起，他們不知是否會把我墜地當做是種無謂、滅聲的抗議。

跳樓前，腦海最後飄閃對你報復的意識。強烈得似幾千瓦特的聚光燈猛然朝我投射，那是一種無聲的侵襲。讓你永遠想我，包括我恐怖的死狀，那就是我最接近你的時刻。在你眼神無一絲情感，我也死灰絕望時，我真的到了生存的瓶頸？似海明威舉槍自轟、三島由紀夫切腹自殺，我也擁有自己跳樓的理由，就似每個跳樓者各自秉持著理由。對維特而言，自殺動機既然發自綳緊的心弦，就算不得是軟弱的表現。那是極需勇氣、毅力以及決心的。我卯足勁，不顧一切往下躍落。雙腳踏空後急墜。頭髮向上倒豎。沒有暈眩或雲霧，我緊閉雙眸享受冷風刮過面頰如刀刮過癮的少許刺痛麻癢。星光投映不到我褐色的虹膜。

瞬間閃過的鏡頭意念如幻燈片似光速轉換。對我呵護的家人朋友師長們的臉孔和表情、他們在精神與金錢永遠支持我的決定、死亡真的能超越生存、創作境界、文學藝術領域的瓶頸、獲得追求人生哲學與真理的最終點。驀然墜入一種糾纏連綿、含糊不清的狀況，種種疑問似無數蒼蠅盤繞發臭蝦頭蟹殼。除了畫面，音樂似精靈迸出，隨風聲襯托後現代式晃動搖擺的鏡頭。在墜地前腦海中並沒你的影兒晃閃。我竟然發現此生最愛的人是自己。但是下墜的極速讓我知曉生命已無法挽回，除了絕望虛空。我不知曉有多少人在墜樓未觸地，無可奈何的那一刻，空餘多少的悔恨。我只知曉自己是其中之一。人總不知曉恐懼，直到死亡逼近的那一刻。霎時嘭的巨響後，殘餘睜不開眼的墨黑。我再度感覺身臂腿腳麻痺疼痛無比時，外耳傳來手錶上時間的滴答腳步聲，不徐也不快。我瞇睜微痛的雙眼，才察覺自己躺臥橫掛離地兩呎高的鐵絲網上。嘴中吐出兩顆似葡萄種籽般折斷的門牙後，口含鹹鹹血絲的我冉冉翻轉身軀。

音樂廳傳來卡拉揚指揮的交響曲，生命跳動的樂章重燃我盛滿燈油的靈魂，帶領軀殼走出這座巨樓的範疇。

認錯

萬家普慶的聖誕節夜晚，梵谷竟然準備謀殺好友高更。他倆都是優秀畫家，前者是表現派的開山鼻祖，後者卻是野獸派的起源者。梵谷手拿剃刀走近高更背後，高更回首瞪他一眼。梵谷喪失勇氣，踱步回房，割下自己的耳朵，洗淨後贈送一位他認識的妓女。

我腦海裡翻滾著梵谷的割耳動機，是醒覺後向自己認錯，還是責備自己的懦弱時，耳聞汽車引擎關熄的響聲。腳步聲自屋外圍欄開始傳來，越過停車空位，停駐大門前。她身披金黃調子的馬來傳統服裝，我彷彿瞥見她將梵谷〈花瓶中的十四朵向日葵〉（*Vase with Fourteen Sunflowers*）的熱情生命力穿在身上。

她膽顫心驚地移向我的面前說：「你的提款卡被提款機吞噬了……」

「甚麼？怎麼會？」我反問。心裡暗罵好心沒好報，想幫助她先還一筆債，卻惹來這等麻煩。

「我依照昨晚你口念的密碼。你說應該是按那隨著次序的數字，但我連續按了兩次同樣的密碼，不但沒拿到錢，卡也被吃掉了。」她解釋道。

我提高聲量說：「昨晚我不是給你兩個密碼？如果第一個不能用，你再按另外一個試看。怎麼會兩次都按同樣的密碼，都給你氣死了。」對於號碼我一向不敏感，在提款機前按了第一個密碼，發覺不管用時，按第二個，每次都見效。

「現在需要去拿卡，我上樓去洗把臉。」她說完，捲著風，似逃兵倏忽不見人影。陷入如此情況，我哪裡還有雅興翻書。我拔起橫臥在躺椅上的身軀，回房更衣。「你不先吃個飯嗎？」我見晌午已過，忙問她道。

「不了，剛才開會吃了咖哩餃（curry puff）。」

我倆驅車趕去銀行。一路上她自歎在家鄉多好，銀行走幾步就在眼前。她說起當臨教的趣事：「那些三年級的學生，真是好氣又好笑。有一次我就教他們做造句『反覆』。我說，老師反覆地教你們造句，為甚麼你們不會？有一個坐在椅子上，正翹著腳的學生回答，老師反覆地教我們做造句，是因為老師雞婆。」她的幽默也使我開懷大笑起來。

「那天，我吩咐他們做『我的自述』。那些學生寫著寫著，竟然扯到我頭上。有一個寫道，新老師不知為甚麼，喜歡穿馬來服裝。另一個寫我很喜歡給他們很多作業，然後讓他們做不完，罰他們站或打他們。」我堅持不贊成體罰學生。聽她說完話後，車也抵達銀行門口。

幸好這間銀行顧客不多。轉眼間我將雙手擱在櫃檯。眼前的銀行職員是一位漂亮女子。她身上穿著藍色制服，我聯想起畢卡索藍色時期的代表作〈人生〉（*Life*）。她掀動著嘴唇，有禮貌地告訴我：「由於你的卡剛剛卡住，所以，麻煩明天附帶著儲蓄戶口的簿子，才能辦理。」

歸途中，我問道：「剛才你不是說她吩咐你來拿嗎？」「那是提款機螢幕上的字眼。」「那你剛才又不說清楚。」其實我不喜歡生氣的，人家說很快老。但是有時候是逼不得已。「那卡是你的，我怎敢進去問呢？」她向我解釋。我想了想，她也說得沒錯。於是，我扯開話題，談別的事情。不然，她可能心裡咒罵著我喋喋不休。

第二天早晨是星期六，她沒上班。去銀行的路途中，她又說起班上的趣事：有一次，我給小學生們考試。那些做完試卷的同學，竟然旁若無人地談天說地。我破壞多年維持的淑女形象，直起喉嚨大聲嚷「不要講話」後，他們依然故我，似遇到多年未見的好友侃侃而談。我氣得用斜眼睨視。他們察覺後，異口同聲的在班上大嚷，「不要講話」。這才安靜下來。小孩天生的童稚，真是好氣又好笑。

車中音響傳出優客李林的〈認錯〉。她極愛聽這首主打歌，趕忙伸手調高音量，嘴裡哼著：一個人走在傍晚七點的台北City……歌還未播完，我倆再次見到身穿卡其制服的守衛，站立銀行門口，正為顧客開關大門。

我以為這間銀行的職員都美麗英俊，舉止文雅。豈知，櫃檯前出現一位身材略胖、臉型圓滾、態度惡劣，對顧客要理不睬的女人。

當我向她說明來意後，她吩咐另一位男職員去拿卡。她那黑眼圈的雙眼淡淡地掃了我一眼，說聲等一下，自個兒吃起零食。須臾，那男職員遞給她兩三張提款卡。她用肥壯的手指接過後，選出我的卡，在一本簿子做記錄。她吩咐我簽名。那卡在我手中後，我道聲謝謝。她的臉木頭般沒表情。

我倆步出銀行玻璃門，在提款機前試用。我按了昨晚給予她的密碼。兩個都不管用。那卡再次被提款機吞噬。我驚叫著不可能時，才想起密碼最後一個數字應該是『一』，並非剛才按的『零』。我再次走近銀行櫃檯旁。那美麗的女職員已經坐在座位上說：「你星期一再來拿。」

其實她一開始就沒錯。錯的是我。我給錯她密碼才導致這件麻煩的事情發生。坐上車座墊時，優客李林繼續唱著〈認錯〉，彷彿在呼籲我向她認錯。如果梵谷割耳動機是認錯的話，請千萬別害怕，我絕對不喜歡模仿別人。

動力

一

看著他們兩個詮釋的愛情，我終於明白《睡美人》與《白雪公主》中的公主，在素不相識的王子親吻之下，公主終於讓小讀者舒暢起來，動動眼皮，然後在王子的攙扶下甦醒。

她在他出差的時段，自辦公處歸返就倒在床上冬眠，像隻蠶繭不吃不喝，關在房內一粒聲音也沒掉落。我看著戶外的印度女人發起瘋，嘰哩呱啦，像放個沒完沒了的響屁。在房裡冬眠的她，似乎不成威脅，更別說啟動了她生命中的動力。唯有他才是她生命中的發電機。當他接近午夜在籬笆外開鎖漏出聲響，她房內出現了迴響，一種內在的呼喚，似童話中的公主受到感召。此動力讓生命重生。她開始將養精蓄銳的餘力，渾身解放。走出房門時，她側著臉揮動長髮，然後打開木門，解開大鐵門的鋼鎖，在門外露出微笑看著他緩緩走進的身影。原本疲倦的他也同時啟動了生命的燃料，頓時精神飽滿，展露歡顏，握住她溫暖的手，移近唇邊。

她忙碌至半夜才歸返時，他也會在她身畔一起現身，彷彿他歸家的路線地圖藏在她的腦海，他辨別回家方向的觸角長在她的頭上。她會幫他打開籬笆門，他乖乖地駕車進入前院。她體貼地詢問他想先洗熱水澡，還是出去吃飯。他回答沖去你不喜歡的汗酸味，黏貼身子吃起飯來也不舒服。她打開浴室的熱水器，他手拿毛巾，穿著短褲進入浴室。她偶爾會在門外敲打，老公，你要洗的衣服放哪兒。他在浴室內傳出，待會兒我自己放進桶裡。

他們偶爾傳來的吵架不和聲，我懷疑是一種幻覺。原因是當他們打開房門時，雙方捨不得分開。他為她搾橙汁，或另一方正泡著奶粉、抹好麵包放在廚房的桌上。或許原先聽到的是錯覺，或許那是增添動力的潤滑元素，欠缺後，引擎失去動力，全部事物歸於寂靜。

二

頑皮的我忽然想改變整個結局，將現實化為虛構。我懷疑有時我會變成壞孩子，雖然只有那麼幾分鐘。然而我不喜歡傷害人，或許作賤故事人物無傷大雅吧。我偶爾會擔心某個剛好擊中心事的讀者控告我，或許我顧慮太多。

故事中的男女主角邀請我到他的家鄉遊玩。或許應該更直接地說我故意設計讓故事中的男女主角邀請我去他們的家鄉，雖然我喜歡拒絕，但是為了讓故事可以順利完成，我還是勉強答應了。我曾去過那個好地方，特別是燒魔鬼魚，吃得我舔手指。途中，他們的對話讓我覺得自己是一根刺，不斷刺進坐墊中。她不停地說話，他不停地點頭，不時轉向左側望她。她會急著喊，小心，我們載著客人。哦。他發出喉嚨內隱藏的聲音。

兩個人在一起，理所當然雙方的動力都加足馬力。在九拐十八彎的馬路上，奔馳的車也加足馬力。她沒叮囑他放緩速度，可能已經習慣他的速度，那令我有點驚慌的速度。或許他們外加予我的動力，由於磁場不同，讓我產生自然地抗拒力。

他的左腳緊急煞車時，輪胎摩擦的驚人響聲，嚇慌了我。迎頭而來的車輛幸好及時拐向正路，才沒相撞。她發火起來，我真怕那火將他燒焦，而殃及池魚，連車，還有在車內的我一起併吞。她強制他與我道歉。我嚇白的臉說沒關係，小心點就好。她命令式的喊叫，差點震碎車前鏡。我仔細觀察她喉嚨鼓起的青筋，在白皙的膚色中顫抖，是一種美麗的節奏圖騰。

他似隻狗在向她道歉，轉向我時，我使了個眼色，哄哄她的意思。我希望他明白。然而我並非他的動力。而動力只能加速憤怒的指數，動力熄滅不了燃燒的火焰。我無力地打開車門，讓動力在車內四處發射。我走入草叢中休息。我聽到有人喊我的聲音。我吞噬著眼前的白霧，然後告訴白霧，嘗試隱藏我的軀殼，因為靈魂暫時懸吊在白霧半空，頑皮地不肯下來地面。

晚餐

一

他始終揣摩你的任何一種動機，包括此刻你在他前方保持一定的距離。

他故意追不上你，在背後睹視你向前移動的每個背後動作。為何不能稍微等待。他毒啞般沒說出口。希望你可以探測這內心話語。

你急忙越過馬路，他不慌不忙地等待沒車輛經過時，跨出步伐。

你沒回頭，直接地踏穩草坪上的小徑，跨進吃晚餐檔口，彷彿懼怕別人窺見你們同步抵達同間檔口叫同樣的食物。

他終於抵達時，你已坐下等待。他望著食物菜單良久，你沒罵句眼睛是否可替代嘴巴送入食物給胃消化。

他沒等你開口，彷彿已經知曉你今晚想吃的蛋包麵、紙包雞及泰國酸辣湯，向侍應生下了訂單。你連瞥他一眼都省卻。他疲倦地摘下眼鏡，你也將眼鏡置放桌上，輕揉眼眶時沒發出聲響。電視機自言自語，那滔滔話語，似碰遇許久未見的老友。他環顧週遭，沒其餘顧客，更別說有人陪伴電視。

你的頭髮剛剪，無需梳理，頭部承受較少重量，似他找了兩天才滿意的理髮師。你沒責罵他浪費時間，但是你總匆忙地看完戲，不顧一切離開。你彷彿在說多呆一分鐘時間，就是浪費自己的生命。是的，你希望一切別人憂心安排好，自己瀟洒地入場，甚至覺得選戲也在拖延寶貴時間。他堅持沒譴責你，原諒你的自私。

二

你死性難改，只愛著自己。他天生就是為了尋找你，一個可以讓他心理踏實的你。那是他在出賣你之後，才醒悟。你的態度好似告訴他，事情未曾定局，誰也不能下任何決定。他回答說，是的，彼此還好好活著。

好事者總選擇吃晚餐時出現，詢問你一大堆奇怪的問題。譬如為何他總攜帶你一起共餐，他還沒發現，其實你至死都不要與他拉上任何關係。你繼續跟隨他喝湯，若無其事得特別自然。或許你的聽覺不是長在你耳朵內，而是附在他身上。

那人又繼續詢問，難道他沒發現你是沒靈魂的，他照樣將麵食喂入嘴中，那人與透明玻璃沒兩樣。那人持續詢問，沒發現我在挑撥離間嗎。沒間好離，他終於開口，雖然你想緊鎖住你嘴唇。你開始著急，快來不及了。

那人再說，終於禁受不住引誘。人就是這個模樣，道行往往修不到家。他辯護，我沒學佛，也不是道家。那人開口大笑時，你顫抖得衣領煽動。「我沒說你學佛或是道家，別誤會，我只想詢問你是否可以請我吃碗麵？」你扯著他衣角，他會意地拒絕。那人也識相地離開。

氣味

瀰漫飄散臭襪子氣味的空間令我退避至狹隘房間。在沒獲得他允許之下，先將那不知穿套多久，盛積汗液污垢的肉色襪子拋丟出牢實木門外，將它狠狠鎖在戶外忍受淒涼。即使懲罰那雙噁心、污跡散佈的襪子，空間仍舊愛戀剛才入侵的新鮮空氣、令人作嘔甚至夢魘連連的臭氣。那並不是排山倒海，令人馬上遭受壓迫後的窒息。而是有點想雋永，緩緩似蟒蛇困住獵物至它骨折，連呼吸都提不起勁的恐怖。

沾上鞋內污跡的肉色襪子是雙沒生命的穿戴物，而發出攻襲人類嗅覺器官的臭味卻是活生生，導致人無法忍受的高難度臭氣，比出自肛門的屁味更難以忍受。因為臭屁來得快，也迅速、自然隱遁於浮動空氣中。有時你剛好鼻塞、片刻忘記呼吸或是剛好朝屁臭味飄至的相反方向（因為風的緣故），你甚至無從察覺，它已消失遁盡。

至於臭肉色襪子發射的臭味是無止境的高明，讓人即使已經關閉甚至鎖緊門窗後，它依然活靈活現，比鬼魅更神出鬼沒，令意志力薄弱的人有點招架不住。我被逼退至最後一道防線，鎖住房間自動關閉的門，閱讀德國小說家徐四金挺令人享受的《香水》（*Das Parfum*）。雖然客廳沒充塞它發功的強大威力，但是那遺散的飄臭，比潮濕生蛆鹹魚的氣味更加令人難忘。我不能津津有味地坐在客廳椅子上，愉快地閱讀我喜愛的文字及自《香水》散發的芬芳。腦海中縈繞著第一部段落中的描述：「貴族一身從頭臭到底；國王自己也臭，臭得像野獸；王后是臭得像隻老山羊，不分冬夏……」。此時的我，並不能像平常般掩嘴偷笑，而是需要掩鼻停止呼吸。雖然手中的小說顯示第十五章，男主角葛奴乙正對香水商包迪尼說已經配好了「愛與靈」的香水，但是透過文字散發的「愛與靈」香氣，難敵臭襪子隨意散發的氣味。那氣味忽而強烈，忽而減弱，忽而混合著令人窒息的空氣，忽而讓人完全喪失意識，腦子細胞彷彿停止一切的運動。

隔日碰遇他想出門時，我沒等他開口，立刻向他控訴。我忍無可忍，已經不在乎他現在處於甚麼狀態，正幹著任何不管有益或無益的活動。雖然有些隱秘的事情，很多人都是不想讓人知曉。尤其是難堪又隱秘的事件，譬如口臭狐臭香港腳等惡疾。他連忙解說，腳愛冒汗，尤其穿上鞋子，但是因為工作的原因沒辦法不穿鞋子。我忍不住回應說無需在共用的空間折磨人家的嗅覺器官，轟炸擊潰他人意識思考能力。他客氣地道歉，我也希望他能妥善地處理，建議他勤洗，多拿鞋子出外曝曬。他回答說為了他女人以後的幸福，應該驅趕自私至只利用自己的時間做自己東西的觀念。

無論如何，他還是似大多數的人愛說而不做，依舊我行我素。至少到我離開前他還是如此。人依然客氣的好好先生，只是懶惰不照顧清潔。我無法容忍地搬離這個空間。

某日，在某個聚會與他碰面，依然可親可愛。還是沒見他女友。其實他女友長甚麼模樣我是不清楚，也沒興趣搞清楚。他的皮鞋似以前在戶外所見般光可鑒人。至於襪子的臭氣，被拘束於鞋內，彷彿遭強鎖的囚犯，只能在局限的空間活動。或許他的此個秘密已不是秘密，因為它已不復存在。如果真是如此，內心暗自祝賀他。很多事情當面澄清是令人尷尬的，這是因為華人傳統的習慣，讓我反而喜歡日本人的坦白。或許那臭氣始終自腳趾間、腳底下漫延，只待脫下鞋子那一刻的爆發力。我們只是寒暄幾句，十句有九句是廢話，但是彼此還是在講著那些廢話，所以我有些朋友，你別想請到他們出席這類型的場面。當他踏步離開我，走去另一個朋友身畔時，記憶中的臭味突現。那不是自鼻子間傳來的。我不曉得那股氣味自哪裡發出。

某位女性朋友剛好提著香檳予我，我巴不得立即淺啜一口。棕色的香檳溜滑入我嘴中時，我忍不住那股奇異的臭氣，吐得她滿身穢物。從此以後，她再也不敢走近我一公尺的範圍內，同樣的，我也不敢再走近他的身畔。

苦候

那是令人絕對難以想像的，在一九九八年吉隆坡街頭，可以瞥視一輛巴士張貼一九三九年白瑞德擁吻郝思嘉《亂世佳人》（*Gone With The Wind*）的巨型海報，大肆宣傳正上映的電影。巴士由堆擠著不同類型車輛的街道右邊緩緩駛過，於我面前滑過，又冉冉消逝。

霏霏細雨灑落心中，擔心沾濕腳旁新買、塑膠袋中的雜誌書籍。我將它的兩隻耳朵打結。雙眼忙不迭地望盼你的身影顯現。都市街道繁喧，排擠我進入另一個陌生的領域。

等待煎熬的過程已超越三十分鐘。我最畏懼那種叫綠葉也枯萎的時段。我懷疑路上塞車的嚴重性。你在電話裡叮囑我十分鐘內抵達星馬購物中心天橋下。猶記得某次按捺不住家人的一下子，竟然是一個鐘頭都未見頭影，索性輕踩步伐於烈陽下，任性的不顧他們之後有沒到來否。這或許是你每次對我說，每個人對時間觀念的誤差。車輛張大眼睛般開亮車燈，一輛銜接一輛。

自己忍耐力的限度奇蹟的放寬。內心盤繞著不顧一切，跑去買車票回家。心煩氣躁得想放棄時，《亂世佳人》紅色海報又飄過，那男主角親吻女主角的經典鏡頭百看不厭。我候盼著你的片身隻影閃過。

瞥眼擦身而過的路人的腕錶，一個鐘頭半似乎就在她的米奇老鼠錶上流逝。所幸我還沒彷徨崩潰至跪倒街頭，狂嚎嘶啞的喉頭聲。心裡暗忖你絕不會讓人地生疏的我在這兒白等。算起來若果你也守候，彼此已經浪費了孿多相聚的時光。考驗意志力也不需要在這時刻吧。我叫住正與我剛擦肩而過的女孩，詢問約定的地點有沒錯誤。她說沒錯。我質疑自己掉入另一個時空，獨自面對陌生、喧鬧的環境。

十字路口右邊的紅燈閃亮，我跑得似風去詢問店員哪兒有公共電話。我走出購物中心左邊的出口，果見兩個公共電話癡呆在角落。我急速地跑回剛才的崗位，怕錯失你每一次路經此地的機會。交通燈再次轉紅時，我搖電話至你公司，她說你已離開很久。我茫然無神走回崗位。眼睛搜索著堆積如潮水的車輛，驀然有輛類似你的汽車停在不遠的街旁。我連奔帶跳提拎東西急撲過去，卻臉漲紅地跑回天橋下。

或許會有人說沒買手提電話的壞處，而我堅持它的麻煩噁心。我開始猜疑你已歸返。手指握成拳頭，怒氣漸生。心想一見到你不把你揍扁罵透誓不為人。我丟落錢幣搖電話去你的住所。對方叫我稍等一下。然後，傳出另一個人沙啞的聲音說，剛才中央醫院打電話說他發生意外被送入醫院，現在住……我沒聽完，被提著的電話筒跌落搖晃。《亂世佳人》的海報再次出現。你彷彿變魔術般輕拍我肩膀。我質疑起自己的錯覺、盲點時，你邊拎我的塑膠袋，邊拉扯我的右手，步進印貼《亂世佳人》海報的巴士。

腳踏車

你推著腳踏車走進院子後，我鎖起籬笆門。那腳踏車如今擱在陰暗的樓梯角落，等待塵埃落定。你離開時，我沒來得及買下做紀念。你出讓給如今遠赴英國的她。她只騎過一次。她臨走前，我沒提起勇氣向她購買，只不過經常走近它，觸摸已經乾癟的輪胎。

山巒起伏之地不適合騎腳踏車，這是她放棄它的原因。而我則不喜歡別人瞪著自己的背影推著腳踏車上山。雖然我是喜歡坐在你腳踏車的後面，順著斜坡滑落。輕鬆得忘了牽掛。

如今的我正爬上斜坡。那傾斜的角度拉緩我上山的速度。某架腳踏車突現，與你的坐騎近乎一樣。那腳踏車往我的正面方向直衝。爬上斜坡喘著氣的我來不及閃避。那腳踏車上出現半邊臉似你，另半邊臉似她的人。我躺臥在地上時，來不及看清楚更多東西。

秘密

好奇心驅使下，告訴了你一個秘密，紓解你內心的緊張與不快。

「前夜三更時分，她發現家中女傭不知所蹤，懷疑與對面的外勞私奔。結果是對面街其中的一個外勞真的也不見蹤影。令她氣急敗壞。」結尾時我喜歡加上一句有人認為是多餘的話語：「無論如何，你不可以告訴別人，知道嗎？」我只差沒與你勾手指頭。

你含笑不語，彷彿默允。

隔日，某個同事告訴我，他想告訴我一個秘密。好奇心讓我立即答他是甚麼，這麼神秘。

他說：「前前夜三更時分，她發現家中女傭不知所蹤，懷疑與對面的外勞私奔。結果是其中的一個外勞真的也不見蹤影。令她氣急敗壞。」結尾時，他還加上一句，「千萬別告訴人家，知道嗎？」我有氣沒力的回應：「喔。」

在洗手間的走廊，迎面而來的是經常上了廁所沒抽水的同事。她用不知道有沒洗的手，拉住我的衣袖說：「我要告訴你一個秘密。」我淡然地笑，然後逃離現場。

試驗

豪華新車剛凹下的洞吞食著她的胃口。我剛擱放桌上的咖哩雲吞麵，警鈴聲大作。她的目光橫掃過去，穿過那剛要逃離現場的車窗玻璃。那人穿黃色衣服，她嚷叫。身旁某個人叨念著車牌號碼，今晚萬字票開頭獎。

手提電話震動時，她的手在顫抖，嘴中嗅著：「老公，我正做個試驗。」然後她說，「怎麼你真的猜到呀？」「對呀，我現在就在你的面前。」男子出現時，她暈倒在我的腳旁。

望

右手緊握住你的右手，自手腕漸漸移下，四隻手指捏緊你的拇指，掌心合住你的掌心，眼睛對住你向上望的眼神。那眼神四射無助的光芒，哀求著我就此放過你。

急時趕到現場，在你躍身跳下的那一刻抓住你的左手。寄存希望者心急地緊握下邊那一隻手，眼睛看著另一隻手在黑空中擺動，時而遮擋下面閃爍的霓虹燈。

當你的眼神從失望轉換成希望的心情時，我手掌的力量越來越弱，手臂欲被你近百斤的身軀扯下地心吸力的中心。雙方雙手冒出的冷汗形同潤滑劑，助長著緊張的氣氛。樓下沒半個人觀賞，沒一點電影緊張的氣氛。

原先攥緊你五指的右手，僅餘剩四指的感覺。你拇指彷彿自動斷裂，緊跟著逃脫。最後，你的戒指跟隨食指的滑動，遺留在我拇指與食指間。你在圓戒指的框中迅速墜落。我彷彿為了你的戒指，望著你成為地上的一抹蚊子血。稍微移動戒指，你成為金戒指鑲上的紅寶石。

除夕時手中拎隻燒鴨走進屋內，成了他的習慣。母親每次急著尋覓適合回敬的禮品時，他流星快步地走出大門說：趕去二姐那兒，路遠著呢！

他如季候鳥，準時的在每年初三晚上，攜帶妻兒跟父親拜年，暢談他遨遊四海的趣味經歷。

去年我坐在客廳，眼睛瞄著電視播映的《天下無雙》，耳朵偷聽他談起午夜突然自巨岩中飛向遠方的寶劍。這支寶劍一直守候著那時的印尼總統蘇卡諾。鬼神難以接近蘇卡諾。倘若蘇卡諾發現哪個下屬、敵人造成威脅時，蘇卡諾就會吩咐寶劍在午夜時分飛去直取那人的頭顱。蘇哈多崛起，蘇卡諾命令其部下腰繫寶劍攜帶蘇卡諾的家眷逃亡。最後，那把寶劍遺落到砂州古晉十多哩某巨岩下。巨岩周圍數呎寸草不生。我如癡如醉地享受如幻如真的境界。

安排妻兒坐在客廳看電視吃糕果後，他往廚房鑽，坐在飯桌旁，與剛吃完飯的父親聊天。我假借剝柚子，靜靜聆聽。他從家種藥草配合青蘋果與檸檬的藥方治療好膽結石，一直談到解毒藥王穿心蓮。我喜歡他說到，由於吃下幾公斤的蝦而吞服四片穿心蓮之葉，隔天被蜈蚣咬到而沒事的誇張情節。

兒子第N次催促他回家時，他嗯完後繼續說著坐船出海去印尼尋找海燕燕窩的故事。兒子再催促時，他發現提不起雙腳。兒子尖叫爸爸變成樹時，我驚訝地發現他頭髮上迸出了兩片葉子。

鞋

螢橙黃燈光照射擺於架上發出閃光的新名牌皮鞋。那鑒人的光澤、造型吸引住他。他久瞪不放，如偶遇沉魚落雁不食人間煙火的美女。「嘿，到底選到了嗎？」一位二十歲的女孩輕拍他的手背說出。然後瞥了一眼腕表，彷彿警告他們在趕時間。「這雙好看嗎？」他望進她深毅的雙眸，想看她有沒說謊。「試試看先。」她說完，親自動手將架上的皮鞋取下，遞予他。

價錢昂貴，他還沒打算花這一筆數目，所以當他試完稍覺腳太大鞋太窄後，決定放棄。他已不知曉這是他試穿的第幾隻鞋。那些他滿意合味口的不是太昂貴就是沒他的鞋型。他今天才曉得原來他的腳巒大。最後，他選了一雙黑皮鞋，因為黑色總較容易配搭衣物。她潑了句冷水：沒人注意你的腳啦！

回家蹬上黑皮鞋展示家人時，他還滿意自己的眼光，選了雙不太昂貴卻剪裁手工巒合眼的皮鞋。首日上班，他開始遭新買回來，穿於腳上的新皮鞋折磨。他第一次穿蹬如此堅硬的皮鞋。以往，他僅選擇較舒適柔軟的款式。

在辦公室裡，他走了幾分鐘的路後，感覺腳跟處與皮鞋摩擦得厲害，十隻腳趾緊縮於鞋尖，異常難受。因此，他一走到座位，趁沒人注視，輕脫皮鞋後邊，讓腳跟喘口氣。其實，這新皮鞋他只不過穿了半天，就煩躁起來。回家時，他特地跑去問街巷旁的補鞋匠。補鞋匠勸告說：「兩星期後就沒事了。」結果，他跑進西藥店鋪，買了一盒膠紙，準備明天與新皮鞋大鬥法。

當抵達家門欄時，他迅速脫掉皮鞋。他指著腳跟紅腫處。右腳跟脫了一層皮，鮮血正冒。她笑他嬌生慣養。「那鞋咬你，你有牙有齒，不是咬回它囉。」她好心告訴他時，他笑至前仰後翻。他慶幸自己並非騎於馬背，不然肯定摔死。「我是說真的。每次我購買新鞋，一定咬過才穿，先下手為強。」他又忍不住放聲狂笑。「莫先笑我，很見效的。今晚你嘗試狠咬那個咬你腳跟部位的對方，包你明天平安無事。」

他環顧四周，趁她不在時，偷偷走到戶外狠狠咬了兩口新皮鞋。他至今也不知她說的話是真是假。隔天清晨，他想出門時，再也尋不著那雙新皮鞋。

許通元創作年表

單元一　Z檔

〈恢復原狀〉，《星洲日報．文藝春秋》，二〇〇四年六月二十七日。
〈渴望綠洲〉，收錄《馬來西亞當代微型小說選》，第202～273頁。
〈下載影片〉，《南洋商報．南洋文藝》，二〇一〇年十一月九日。
〈地獄之門〉，《星洲日報．文藝春秋》，二〇〇八年二月三日。
〈理想國〉，《星洲日報．文藝春秋》，二〇〇六年六月十一日。
〈收藏家〉，《星洲日報．文藝春秋》，二〇〇三年十一月十六日。
〈埋葬〉，《星洲日報．文藝春秋》，二〇〇一年七月十五日。
〈掃蕩〉，《星洲日報．文藝春秋》，二〇〇〇年十二月二十四日。
〈消瘦〉，《星洲日報．文藝春秋》，二〇〇四年四月二十五日。
〈發霉〉，《星洲日報．文藝春秋》，二〇〇四年十月三十一日
〈廢墟〉，《東方日報．東方文藝》，二〇一〇年九月六日。

〈換片〉，《星洲日報・文藝春秋》，二〇一〇年十月二十四日。
〈時尚〉，二〇〇〇年創作。
〈鄰居〉，二〇〇〇年五月創作，二〇〇四年五月重修。
〈癡〉，《南洋商報・南洋文藝》，二〇〇三年十二月二十三日。

單元二　Y情

〈幻想肩膀突現的白翅膀〉，《今日南院》第十三期，二〇〇五年八月。
〈海的鹹味〉，《南洋商報・南洋文藝》，二〇〇三年六月十四日。
〈眼神輕柔〉，《南洋商報・南洋文藝》，二〇〇三年八月十二日。
〈一種蛻化〉，《南洋商報・南洋文藝》，二〇〇四年八月三十一日。
〈鯨魚擱淺〉，二〇〇〇年創作，二〇〇四年五月重修。
〈剪白髮〉，《東方日報・生活風華》，二〇〇三年七月二日。
〈多情種〉，二〇〇五年重修。
〈受害者〉，《聯合早報・文藝城》，一九九八年九月二十日。
〈牙痛〉，一九九八年七月二十五日創作，二〇〇四年五月重修。
〈詛咒〉，《星洲日報・文藝春秋》，一九九八年五月三十一日。
〈詭計〉，《蕉風》第四八六期第五十五頁，一九九八年八月。

〈袋鼠〉，《孤舟神話系列第廿二：脫期》，第四十三頁，二〇〇〇年。
〈山蛭〉，《南洋商報・南洋文藝》，二〇〇三年四月十九日。
〈面譜〉，孤舟網站，二〇〇五年。
〈裸〉，《南洋商報・南洋文藝》，二〇〇二年五月二十一日。
〈逃〉，《荒城手卷》第二卷，一九九七年十二月十三日。

單元三　X事

〈輕快鐵站是一個地點〉，《東方日報・東方文藝》，二〇一〇年九月十三日。
〈商晚筠的油畫〉，《星洲日報・文藝春秋》，二〇〇三年一月二十六日。
〈穿絲襪的男人〉，《香港文學》第二三八期，二〇〇四年十月。
〈旋開水龍頭〉，《蕉風》第四九〇期第五十六頁，二〇〇四年五月。
〈橫越安全街〉，《東方日報・東方文藝》，二〇一〇年九月二十日。
〈行色匆〉匆，《星洲日報・文藝春秋》，二〇〇五年七月十日。
〈人蛇舞動〉，二〇〇六年八月十五日完成。
〈ＪＪ風潮〉，《南洋商報・南洋文藝》，二〇〇四年十月九日。
〈五元汶幣〉，一九九九年創作。
〈死皮的嘴〉，二〇〇五年創作。

〈酒與預言〉，《聯合早報．文藝城》，一九九九年四月四日。

〈爆蔥香〉，《星洲日報．文藝春秋》，一九九九年十一月二十一日。

〈對位法〉，一九九九年創作。

〈嘔吐〉，《香港文學》第二六〇期，二〇〇六年七月。

〈跳樓〉，一九九八年五月創作，二〇〇〇及二〇〇四年重修。

〈認錯〉，《馬華文學》，二〇〇六年六月三十日。

〈動力〉，《南洋商報．南洋文藝》，二〇〇三年十二月二日。

〈晚餐〉，二〇〇一年三月創作。

〈氣味〉，二〇〇〇年四月創作。

〈苦候〉，《星洲日報．文藝村》，二〇〇〇年十一月二十五日。

〈腳踏車〉，南洋商報．南洋文藝》，二〇〇二年七月二日。

〈秘密〉，二〇〇二年創作。

〈試驗〉，二〇〇二年創作。

〈望〉，二〇〇四年創作。

〈樹〉，《南洋商報．南洋文藝》，二〇〇二年三月二十六日。

〈鞋〉，一九九八年創作。

新鋭文學　PG0486

新銳文創
INDEPEDENT & UNIQUE

埋葬山蛭
──極短篇小說集

作　者	許通元
責任編輯	林泰宏
圖文排版	蔡瑋中
封面設計	李孟瑾
出版策劃	新銳文創
製作發行	秀威資訊科技股份有限公司 114 台北市內湖區瑞光路76巷65號1樓 電話：+886-2-2796-3638　傳真：+886-2-2796-1377 服務信箱：service@showwe.com.tw http://www.showwe.com.tw
郵政劃撥	19563868　戶名：秀威資訊科技股份有限公司
展售門市	國家書店【松江門市】 104 台北市中山區松江路209號1樓 電話：+886-2-2518-0207　傳真：+886-2-2518-0778
網路訂購	秀威網路書店：http://www.bodbooks.com.tw 國家網路書店：http://www.govbooks.com.tw
法律顧問	毛國樑　律師
圖書經銷	貿騰發賣股份有限公司 235 新北市中和區中正路880號14樓 電話：+886-2-8227-5988　傳真：+886-2-8227-5989
出版日期	2011年2月　初版
定　價	250元

Printed in Taiwan

國家圖書館出版品預行編目

埋葬山蛭：極短篇小說集 / 許通元著. -- 初版. -- 臺北
市：新銳文創, 2011.02
面； 公分. --（新銳文學；PG0486）
ISBN 978-986-86815-2-1（平裝）

868.757 99024412

讀者回函卡

感謝您購買本書，為提升服務品質，請填妥以下資料，將讀者回函卡直接寄回或傳真本公司，收到您的寶貴意見後，我們會收藏記錄及檢討，謝謝！

如您需要了解本公司最新出版書目、購書優惠或企劃活動，歡迎您上網查詢或下載相關資料：http:// www.showwe.com.tw

您購買的書名：______________________________

出生日期：________年________月________日

學歷：□高中（含）以下　□大專　□研究所（含）以上

職業：□製造業　□金融業　□資訊業　□軍警　□傳播業　□自由業

□服務業　□公務員　□教職　□學生　□家管　□其它______

購書地點：□網路書店　□實體書店　□書展　□郵購　□贈閱　□其他

您從何得知本書的消息？

□網路書店　□實體書店　□網路搜尋　□電子報　□書訊　□雜誌

□傳播媒體　□親友推薦　□網站推薦　□部落格　□其他__________

您對本書的評價：（請填代號　1.非常滿意　2.滿意　3.尚可　4.再改進）

封面設計____　版面編排____　內容____　文／譯筆____　價格____

讀完書後您覺得：

□很有收穫　□有收穫　□收穫不多　□沒收穫

對我們的建議：______________________________

____

____

____

請貼
郵票

11466
台北市內湖區瑞光路 76 巷 65 號 1 樓
秀威資訊科技股份有限公司 收
BOD 數位出版事業部

(請沿線對折寄回，謝謝！)

姓　名：________　年齡：______　性別：□女　□男

郵遞區號：□□□□□

地　址：________________

聯絡電話：(日)________　(夜)________

E-mail：________________